芭蕉連句の英訳と統計学的研究

伊藤 和光

東京図書出版

はしがき

（1）筆者は、静岡県磐田市の病院に週５日勤務しながら、日本文学の勉強を続けてきました。

（2）この本は、日本文学に関する筆者２冊目の「論文集」です。

筆者が行った最近の研究について、まとめてあります。

内容は、芭蕉連句の英訳と解説で、いずれも未発表の原稿です。

解説では、主に統計学を使った筆者の研究を説明してあります。特に、本書の冒頭には、日本語の序章に加えて、それを英訳したイントロダクションも挿入しておきました。

これらの論文では、「統計学的な研究」と「伝統的な研究」を統合した、「文理融合的な研究」を目指しております。

（3）ここで、今までの経緯を説明しておきます。

筆者は、50歳になったのを契機に英語を勉強し直して、英検１級の資格を取得しました。

その時にふと、若い頃から興味を持って読んでいた芭蕉の連句を自分が英語に翻訳すべきではないかと考え、それから半年ほど時間をかけて、芭蕉の連句（16巻576句）を英語に全訳しました。

その後、筆者は放送大学大学院修士課程に入学して芭蕉連句の統計学的研究を行ったのですが、修士課程を修了した後も日本文学に関する勉強は継続して、拙著『日本文学の統計データ分析』に収録されているような研究を行った次第です。

以上のような経緯が、本書にはあります。

（４）本書では、当初から手がけていた芭蕉連句の英語訳と、筆者による芭蕉連句に関する最近の統計学的研究を合体させて、１冊の本にまとめました。

すなわち、「俳諧七部集」の中において主要な冊子である『炭俵』『冬の日』『猿蓑』に関して、それぞれ英語訳と解説を掲載してあります。

（５）なお、宮本陽一郎先生（放送大学教授、筑波大学名誉教授）には、修士課程において丁寧な研究指導をしていただき、また苦しい時にも励ましのお言葉をいただき、大変感謝しております。

この場を借りて、感謝の気持ちを伝えておきたいと思います。

最後に、英文の校正は、エディテージという会社のお世話になったことを記しておきます。

伊藤和光

Preface

(1) I have been conducting research on Japanese literature, while working five days a week as a doctor at a hospital located in the suburbs of Iwata city, Shizuoka prefecture, Japan.

(2) This book is the second collection of my papers about Japanese literature. These are the latest manuscripts from my recent research. They contain English translations and comments about Basho's linked verses and have not yet been published.

In the comments section, I have mainly mentioned my research projects using statistical methods. I placed an Introduction at the beginning of the book, which is written in English, in addition to the original Japanese version, "*Joshou*". In these works, I am aiming to create a fusion of arts and sciences. In other words, I want to integrate literature with science.

(3) Here I will describe my history.

After my 50th birthday, I brushed up on my English and was fortunate to receive a certificate of the English STEP test in Japan, namely, "*Eiken*" Grade 1. At that time, an idea came to mind: I should translate Basho's linked verses which I had been reading with interest since my younger days.

I spent half a year translating all of Basho's linked verses into English. These comprised 576 poems in 16 volumes. Subsequently, I entered the Graduate School of Humanities at the Open University of Japan. My research project was entitled "Data analysis of Basho's linked verse", using statistics. I obtained my master's degree from this institution.

Subsequently, I continued my research project and published a book entitled *Data analysis of Japanese literature* in the Japanese language, as a result of my efforts.

I have briefly mentioned what has happened to date.

(4) In this book, I combined two elements into one, namely:

(A) An English translation of Basho's linked verses in which I have been interested since my younger days; and

(B) my recent results of the research on these verses using statistics.

That is to say, the book includes an English translation as well as comments concerning the three main books by Basho:

(1) *A Sac of Charcoal*

(2) *Winter Days*

(3) *The Monkey's Straw Raincoat*

These are among the seven canonical haikai collections in the Basho school.

(5) I would like to thank Dr. Yoichiro Miyamoto, Professor Emeritus of the University of Tsukuba, Japan. He is currently a professor of American literature and cultural studies at the Open University of Japan. When I was a graduate student, he carefully directed my graduate studies. He encouraged me several times on days when I felt that my spirit had diminished. Taking advantage of this opportunity, I would like to express my gratitude to him for his kindness.

Finally, I would like to thank Editage (www.editage.jp) for English language editing.

Kazumitsu Ito

目　次

Contents

序章

§1 芭蕉とその作品への招待

松尾芭蕉（1644－1694）は、江戸時代初期の俳人である。
芭蕉はまた、連句の完成者でもある。
最近では、多くの研究者が芭蕉を日本における最も重要な俳諧師であると定義している。
実際、俳句よりも連句を好むと、芭蕉本人も言っている。

§2 日本文学における基本的な用語について

ここで、日本文学における基礎用語を確認しておこう。
俳句は単純な句である。5–7–5という三つの音節群を含む。
俳句という言葉は、俳人・正岡子規（1867－1902）以降、発句に代わって、使用されるようになった。
発句とは、連句の冒頭・最初の句を意味する。
最も有名な俳句について述べておく。

古池や蛙飛びこむ水の音　芭蕉

Old pond.

Frogs are jumping in it.

Sounds of the water.

(反訳) 古い池 / カエルが、つぎつぎ飛びこんでいる / 水

の音

この俳句は大変有名であり、ほとんどの日本人が知っている。

さらに芭蕉は、『おくのほそ道』を執筆している。

そこには、紀行文と俳句が織り込まれている。

それと対照的に、連句は一連の句である。

基本的に、5–7–5、7–7、5–7–5、7–7、……という音節からなる。

俳諧師が何人か参加する。

江戸時代に芭蕉とその弟子は、有名な連句集『炭俵』において一連のイメージをいきいきと描いている。

『炭俵』は、芭蕉「俳諧七部集」に含まれている（表1と表2参照)。

俳諧という言葉は、連句と俳句（発句）を含めた全体のジャンルを意味する。

表1　俳諧七部集の刊行年一覧

	書名	刊行年	
1	『冬の日』	貞享元年	1684
2	『春の日』	貞享3年	1686
3	『曠野』	元禄2年	1689
4	『ひさご』	元禄3年	1690
5	『猿蓑』	元禄4年	1691
6	『炭俵』	元禄7年	1694
7	『続猿蓑』	元禄11年	1698

表２　俳諧七部集『炭俵』における芭蕉連句の構成と俳諧師一覧

巻	句の構成	俳諧師
梅が香の巻	6, 12, 12, 6	芭蕉、野坡
空豆の巻	6, 12, 12, 6	狐屋、芭蕉、岱水、利牛
振売の巻	6, 12, 12, 6	芭蕉、野坡、狐屋、利牛

『炭俵』は、ルネ・シフェールによってフランス語に翻訳されている。

しかし、英訳はない（表３）。

表３　俳諧七部集における芭蕉連句の翻訳一覧

翻訳	訳者	刊行年	『冬の日』	『曠野』	『ひさご』	『猿蓑』	『炭俵』	『続猿蓑』
仏訳	ルネ・シフェール	1986～94	○	○	○	○	○	○
英訳	マイナー＆小田桐	1981	△		○	○		
英訳	Mayhew	1985				△		
独訳	Dombrady	1994				○		

（○は全体、△は一部のみ）

厳密に言うと、俳句は句それ自体に関する言葉である。

俳諧はジャンルを示す（表４）。

この二つの言葉は、１節や２節に示したように、一般的によく使われている。

表４　日本文学における基礎用語の厳密な用法

ジャンル	句	音節の構成
発句	俳句	5–7–5
俳諧	俳句および連句	5–7–5, 7–7, 5–7–5, 7–7,……

§3 芭蕉の生涯

主題に戻ると、表５で示すように、芭蕉の生涯は四つの段階に分けられる。

表５　芭蕉の生涯における四段階

年齢	出来事	号	出版物	特徴
生誕〜30	故郷での生活	宗房	『貝おほひ』	パロディー
31〜	江戸への転居	桃青	『江戸両吟集』	言葉遊び
37〜	隠棲	芭蕉	『虚栗』	侘び
41〜51	旅	芭蕉	『炭俵』など	軽み

故郷での生活の後、芭蕉は31歳で江戸に転居した。その間、『貝おほひ』と『江戸両吟集』を出版している。特徴は、それぞれパロディーと言葉遊びである。芭蕉は号を何回か変えている。

37歳の時に、芭蕉は隠棲することを決めた。この時「芭蕉」は誕生したといえる。この時期に『虚栗』を出版している。

特徴は「侘び」すなわち、簡素で静寂なものに対する好みである。

41歳で、芭蕉は芸術のために旅を始めた。この時期は「軽み」を追求している。

「軽くやすらかに詠むようにする。優れた句は一見何でもなく見えるが、何遍も見てよく味わうと、その深みが見えて来るようになる」という。

「軽み」に関して言えば、今回の翻訳にもその例が見られる。日本語の擬態語「のつと」である（5–1–1を参照）。

ルネ・シフェールは、フランス語の副詞を用いて“soudain”(突然）と訳している。“Le soleil soudain se lève.”としている。

対照的に、筆者はその代わり「巨人がゆっくり起き上がるように」という表現を挿入した。太陽は、存在感を示しながらゆっくり昇っていくからである。

翻訳を記しておく。“The sun is rising, as a giant gets up slowly.”この翻訳には、この擬態語が表現しているものに関する筆者の解釈が反映されている。

いずれにせよ、芭蕉はこの句を軽い調子で自由に詠んだ。大変に意義深く興味深いと感じる。

これが「軽み」の典型的な例である。

芭蕉の生涯においては、最後の10年間に有名な作品がすべて出版されている。ある種の奇跡だと思われる。

その中でも、二つの作品に注目すべきである。

すなわち、『おくのほそ道』と、芭蕉「俳諧七部集」である。

先に述べたように、前者は紀行文と俳句を織り交ぜたものである。後者は、俳諧連句の極み（最高点に達したもの）と言うことができる。

俳諧という営みは、即興芸術である。

言い換えると、俳諧師が何人か集まり、その時その場で連句をつくる。全く即興的な作業である。

芭蕉とその弟子は、何年ものあいだ、一種の「全人格的作業」に没頭した。

このようにして「蕉風」という俳諧のスタイルが、芭蕉一門において現れたのである。

§4『炭俵』における個々の連句の特徴

ここで、『炭俵』における個々の連句の特徴を述べておく。

なお、句のナンバリングは、モーツァルトが作曲した楽曲に付加されている「ケッヘル番号」と同様に、芭蕉連句の作品番号を意味する。

「梅が香の巻」では、庶民が生き生きと描かれている。発句は秀逸で画期的であると思われる（5–1–1参照）。それに続く連句も、優れたものが多い。

２番目の「空豆の巻」は、平易で理解しやすい。単調で一面的な部分もある（5–5–1から5–5–3、および、5–7–11から5–8–6）。しかしながら、いくつかの句は優れており重要である（5–6–7、5–6–12、および、5–7–3）。

「振売の巻」では、平凡で重要性に欠けるものもあると思える（5–9–4および5–11–8）。他の連句も、あまり秀逸ではない。しかし、その中で芭蕉の句が際だっている（5–10–8）。

特に、情事に関する句（5–10–8）は、『去来抄』の中で芭蕉自身によって言及されている。『去来抄』は、俳句や連句に関する芭蕉の言葉を集めて記録した書物である。

この情事に関する句（5–10–8）と前句（5–10–7）は、大変重要である。

ここに記して、簡単に説明しておく。

5–10–7　上をきの干葉刻もうはの空　野坡

Uwaoki-no, hoshiba kizamumo, uwa-no sora. By Yaba

（英訳）Dried leaves for putting on rice.
She is cutting them
with only half her mind.

（反訳）ごはんにのせる（上置きの）干し葉
彼女はそれを刻んでいる
（台所仕事に）身が入らない

彼女は、今宵忍び逢う男の事で頭がいっぱいで、台所仕事に身が入らない。

5–10–8　馬に出ぬ日は内で恋する　芭蕉

Uma-ni denu hi-wa, uchi-de koisuru. By Basho

（英訳）On the day when he does not drive a packhorse
he has a love affair indoors.

（反訳）（相手は馬方であり）馬を引きに行かない日は
家で情事に耽る

女の相手は馬方であり、馬を引きに行かない日は、彼は自分の家に女を呼び出して情事に耽る。

「句の位（人柄）とはかくの如きものなり」と芭蕉は言ってい

る。すなわち、芭蕉は、人柄という観点から、「男と女」を生き生きと描いている。

前句の女性に対して、今度は男性を話題とした。このような連句の創作方法は、一般に向付け（向こう側を加える）と呼ばれる。

この「馬に出ぬ日は内で恋する」という句は、会心の作であったのだろう。

この句はウイットに富み、簡素で簡潔なところから、芭蕉の代表作のひとつであると考えられる。

一般に、『炭俵』の話題は多岐にわたる。風景、日常生活、農業、商業、風俗習慣、天気、災害、経済、政治、軍事、情事などが含まれる。

古典からの引用は、見られない。

§5 翻訳における三つの特徴

この本では、芭蕉「俳諧七部集」のひとつである『炭俵』における芭蕉連句を英訳した。

翻訳にあたっては、三点に留意した（表６参照）。

まず、日本語には様々な意味があり興味深い。その微妙なニュアンスを英語に訳した。

次に、俳諧師は一連のイメージを表現するために、大変な努力を払っている。積極的に具体的なイメージを翻訳の中で提示するよう努めた。

表６　本書における翻訳の特徴的な三点

特徴	翻訳の例	句
１日本語における微妙なニュアンスの追加	The scent is around me	cf.5-1-1
２具体的なイメージの積極的な提示	as a giant gets up slowly	cf.5-1-1
３音読するリズムの形成	pheasants are chirming now	cf.5-1-2

最後に、美しい英語を作り出すことは重要である。音読するときのリズムを考慮して、翻訳に単語を追加した。

ちなみに、先に述べたように、ルネ・シフェールは『炭俵』をフランス語に翻訳している。さらに、芭蕉の『おくのほそ道』は、英語、フランス語、ドイツ語、スペイン語などに翻訳されている。

しかし、こういった翻訳の中にも、上記の特徴を見つけることはできなかった。

おわりに、筆者は日本の風俗習慣を意味する言葉に、英語の注釈を付けておいたことを補足しておく。

§6 連句に関する筆者の研究

ここで、連句に関する筆者の研究について、簡潔に紹介したいと思う。

筆者の用いている研究方法は統計学であり、特に数量化理論という統計学的な方法（２類、３類）を、主に使用している。

その結果として明らかになった点を、以下に示しておきたい。

(A) 今まで、俳諧七部集の中で最後に出版された『続猿蓑』については、意見が分かれていた。すなわち、『炭俵』と同様に高く評価する人もいれば、幸田露伴のように読む価値がないとする研究者もいた。

この点に関して、筆者の研究から、『続猿蓑』は『炭俵』の延長線上に位置づけられることが分かった(図1参照)。

そのような一連の研究の中で、むしろ『曠野』が、他の作品群とはかなり離れたところに、ポジショニングマップという図式で示されることも分かってきた(図1参照)。

以上の点は、明確に示されており、新しい知見である。

(B) 例えて言えば、数学における多次元多様体と同様に、芭蕉の連句は複雑である。それを切断する断面によって、さまざ

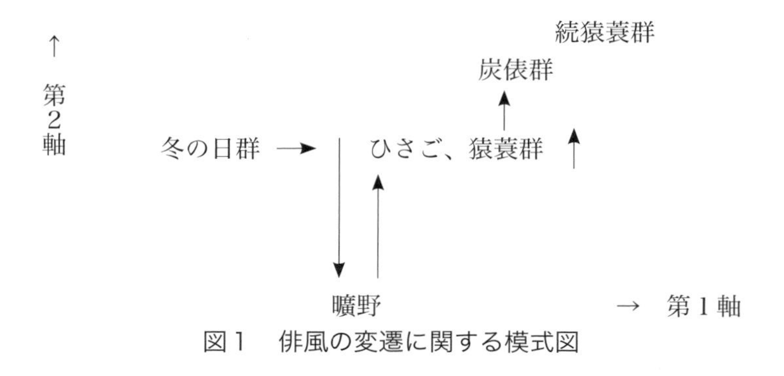

図1　俳風の変遷に関する模式図

まな形を示していると言える。そのため、『続猿蓑』において、どの巻が『炭俵』に似ているかということは、明確に言うことができない。分析する条件に、それは依存している。

しかしながら、数学的な手続きを通して、似ている確率を計算することはできる。それによって、相対的に、どの巻が『炭俵』に似ているかということは、知ることができる。

§7「作家論」について

筆者は芭蕉や連句の研究を長年行っており、その立場から、芭蕉に関する「作家論」を述べておきたい。

（1）芭蕉の有名な作品は、ほとんど晩年の10年間に作られた。ある意味、奇跡だと思う。その中で芭蕉は、常に新しい革新的な要素を盛り込んだ。すなわち芭蕉は、自己変革を繰り返した。俳諧七部集における俳風の変遷に、そのような点が顕著に表れている。俳諧七部集を通して読むと、晩年の俳風は若い頃のものと全く異なっていると感じる。

（2）連句を付ける句法の一種である「匂い付け」は、芭蕉の書物全体に見られる。「匂い付け」とは、前句の匂いに合わせて付ける方法である。匂いとは、余韻、余情、風情、情調、気分、味わい、ニュアンス等を表している。芭蕉一門の連句に特徴的な付け方であり、独創的な連句を詠む長い過酷な真剣勝負の中で、生み出された句法と言えるだろう。

（3）俳諧七部集の各作品は、江戸時代当時からよく売れたと推測される。実際、芭蕉の没後に追悼集が刊行された。芭蕉は、ベストセラー作家だったとも言えるかもしれない。

（4）芭蕉一門は、多様な人材からなる。

商人・越智越人（1656－1739）は、『曠野』に名前が出てくる。彼は、もともと名古屋地方で染物屋を営んでいた。貞享5年（1688年）、『更科紀行』で知られる旅に同行した。蕉門十哲の一人である。

芭蕉には商人の弟子からなるグループが、地方ごとにいくつかあり、芭蕉は経済的な援助も受けていたことが知られている。

『おくのほそ道』で有名な東北地方への旅行も、当時としては莫大な費用が必要だった。

芭蕉は、一匹狼ではなかった。多くの弟子が、彼の生活や活動を援助していた。芭蕉は、俳諧師のグループリーダーとして、もっと高く評価されるべきである。

（5）芭蕉は、創造的な一門を率いたリーダーとして、もっと広く認識されるべきである。連句という共同作業を研究すると、その点を痛感する。また、そのような具体例は、『去来抄』に記述されたエピソードの数々から、知ることができる。

（6）芭蕉は、俳諧全般にわたって、作品を残した。実際、発句と連句の両方を作った。芭蕉のような人物は、歴史上、他に現れていない。

§8 連句の歴史概観

江戸時代には、俳句を作る人は皆、連句も創作していた。
また、連句の教科書として、俳諧七部集も広く読まれていた。

しかしながら、明治になって、俳人・正岡子規は、芭蕉連句の価値を否定した。
すなわち、連句は芸術でないと、明治26年（1893年）『芭蕉雑談』の中で、述べている。
正岡子規の影響力は、絶大だった。
そのため、連句は作られなくなったし、読まれなくもなった。
長い間、現在まで、そのような状態が続いている。

戦後、作家・幸田露伴（1867－1947）のように、芭蕉連句を高く評価して、30年以上の研究成果を晩年、画期的な註解書にまとめた人物もいる。
しかし、現在では、芭蕉連句の研究者は、数えるほどしかいないのが現状である。

筆者の考えでは、正岡子規が不可解な理由から価値を否定したものの、芭蕉連句は日本における最も重要な「芸術作品」である。その価値は変わることがない。

日本でも海外でも、より多くの人に芭蕉の連句を読んでもらいたい、そう筆者は願っている。

§9 筆者による提言

結論を述べると、芭蕉は日本文学史における最も偉大な詩人である。

令和6年2月14日
伊藤和光／
医師・日本文学研究者

Introduction

§1 Introduction to Basho and his works

Matsuo Basho (1644-1694) is a "*haiku*" poet who was active at the beginning of the Edo period. He developed the linked verse style. Recently, many researchers have singled him out as the most important *haikai* writer in Japanese history. In fact, he has stated that he prefers linked verse to *haiku* poetry.

§2 Basic terms in Japanese literature

Let us review the basic terms in Japanese literature.

"*Haiku*" refers to simple poetry with a 5-7-5 syllabic structure. The word, *haiku*, is more commonly used than *hokku* due to, the famous *haiku* poet, Masaoka Shiki (1867-1902). *Hokku* refers to the first poetry written in linked verse. Here, we shall reference Basho's most famous *haiku*:

Furuike-ya, kawazu tobikomu, mizu-no oto.

Old pond.
Frogs are jumping in it.
Sounds of the water.

This *haiku* is so popular that most Japanese people know it. Basho aloso wrote *Oku-no Hosomichi* (*The Narrow Road to the Oku Region*), which is a mixture of travel writing and *haiku* poetry.

On the contrary, linked verse refers to a poem series. Its syllabic structure is 5-7-5, 7-7, 5-7-5, 7-7, ... Several poets collaborate on the work. In the Edo period, Basho and his disciples vividly described a series of images in the famous linked verse book, *Sumidawara* (*A Sack of Charcoal*), which is one of the Basho school's seven canonical *haikai* collections (see Tables 1 and 2). The word, *haikai*, refers to a genre that includes linked verse and *haiku* (*hokku*).

Table 1
The seven *haikai* books and their publication years

	Book name	Publication year
1.	*Fuyu-no hi* (*Winter Days*)	1684 (Jyokyo 1)
2.	*Haru-no hi* (*Spring Days*)	1686 (Jyokyo 3)
3.	*Arano* (*Wilderness*)	1689 (Genroku 2)
4.	*Hisago* (*Gourd*)	1690 (Genroku 3)
5.	*Sarumino* (*The Monkey's Straw Raincoat*)	1691 (Genroku 4)
6.	*Sumidawara* (*A Sac of Charcoal*)	1694 (Genroku 7)
7.	*Zoku Sarumino* (*A Memorial Collection*)	1698 (Genroku 11)

Table 2
Poetry compositions in and poets who contributed to *Sumidawara*

Volume	Composition	Poets
Ume-ga ka	6, 12, 12, 6	Basho, Yaba
Soramame	6, 12, 12, 6	Kooku, Basho, Taisui, Rigyuu
Furiuri	6, 12, 12, 6	Basho, Yaba, Kooku, Rigyuu

Sumidawara was translated into French by René Sieffert; however, there is no known English translation (see Table 3).

Table 3
Translations of Basho's linked verse

Translation	French	English	English	German
Translator	Sieffert	Miner&Odagiri	Mayhew	Dombrady
Publication year	1986-1994	1981	1985	1994
Winter Days	○	△		
Wilderness	○			
Gourd	○	○		
**Monkey's Raincoat*	○	○	△	○
**Sac of Charcoal*	○			
A Memorial Collection	○			

Note.*means that the title has been truncated. ○ means total translation and △ means partial translation.

Strictly speaking, the term *haiku* refers to poetry itself, whereas *haikai* denotes a genre (see Table 4). Both words are commonly used, as shown in Sections 1 and 2.

Table 4
Strict usage of terms in Japanese literature

Genre	Poetry	Syllabic structure
Hokku	Haiku	5-7-5
Haikai	Haiku & renku, linked verse	5-7-5, 7-7, 5-7-5, 7-7, . . .

§3 Basho's life and works

To return to our subject, we can divide Basho's life into four stages, as shown in Table 5.

Table 5
Basho's four life stages

Age	Event	Name	Publication	Feature
Birth-30	Residing in hometown	Soubou	*Kai-ooi*	Parody
31-	Move to Edo	Tousei	*Edo-ryouginshu*	Word play
37-	Seclusion	Basho	*Minashi-guri*	"*Wabi*"
41-51	Art-related travel	Basho	*Sumidawara* etc.	"*Karumi*"

After life in his hometown, he moved to Edo city at the age of 31. Meanwhile, he published *Kai-ooi* and *Edo-ryouginshu*, which feature parody and word play, respectively. He changed his artistic name several times.

When he was 37 years old, he decided to live a secluded life and adopt the name "Basho", under which he published *Minashi-guri*, featuring "*wabi*", meaning a taste of simplicity and quietude.

At the age of 41, he started his art-related travels. In this period, he pursued "*karumi*" or "*karomi*", meaning a light tone. He said: "Poets should create poetry lightly and peacefully. Excellent works seem to be ordinary at first glance. However, their depth of meaning is gradually revealed through repeated reading."

We can find "*karumi*" in this translation. It is the mimetic Japanese word, "*notto*" (cf. 5-1-1).

René Sieffert translated it into French, as the French adverb, "*soudain*" (suddenly). He wrote, "*Le soleil soudain se lève.*"

In contrast, I replaced the mimetic word with the phrase "as a giant gets up slowly", because the sun rises slowly to show off its existence. In my translation, I wrote, "The sun is rising, as a giant gets up slowly."

This reflects my interpretation of the mimetic word's meaning.

Basho wrote linked verse lightly and freely. I think that it is very meaningful and interesting. It is a typical example of "*karumi*", a light tone.

The majority of Basho's most famous works were published during the last 10 years of his life, which I think is a kind of miracle. Among those works, we must pay attention to the following two:

1. *Oku-no Hosomichi (The Narrow Road to the Oku Region*).
2. The Basho School's seven canonical *haikai* collections.

As I said before, the former is a mixture of travel writing

and *haiku* poetry. We may safely say that the latter represent the culmination of *haikai* linked verse.

Haikai is an art of improvisation. In other words, several poets collaborate to create linked verse on the spot. Hence, it is a completely impromptu performance. Basho and his pupils were absorbed in a kind of "all personality work" for many years, which led to the emergence of *shofu* (a style of *haikai*) in the Basho school.

§4 Features of linked verse in *Sumidawara*

Here I will discuss the individual features of linked verse in *Sumidawara* (*A Sac of Charcoal*). Basho's linked verse is sequentially numbered, like the Koechel numbering of Wolfgang Amadeus Mozart's musical compositions.

In the "*Ume-ga ka*" volume, common folks are vividly described. I think that the first one is excellent and epoch-making (cf. 5-1-1). The couplets following it, also, contain many splendid works.

The linked verse in the second volume "*Soramame*" is quite easy to understand. Some parts are monotonous and one-dimensional (cf. 5-5-1 to 5-5-3, and 5-7-11 to 5-8-6). Several couplets, however, showcase excellence and are important (cf. 5-6-7, 5-6-12, and 5-7-3).

In the third volume "*Furiuri*", it seems to me that some couplets are commonplace and indifferent (cf. 5-9-4 and 5-11-8). The others are not so superb. However, Basho's are outstanding among them (cf.

5-10-8).

In particular, Basho himself mentions the poem concerning the love affair (cf. 5-10-8) in *Kyorai-sho*, which is a collection of Basho's discourse in which he discusses *haiku* and linked verse. The poem about the love affair (5-10-8) and the one before it (5-10-7) are very important. I have reproduced them down here and will give you a brief explanation.

5-10-7
Uwaoki-no, hoshiba kizamumo, uwa-no sora. By Yaba
Dried leaves for putting on rice.
She is cutting them
with only half her mind.

She plans to meet her lover in secret that night and she is obsessed with her upcoming date, which is why she is absent-minded even when she is working in the kitchen.

5-10-8
Uma-ni denu hi-wa, uchi-de koisuru. By Basho
On the day when he does not drive a packhorse
he has a love affair indoors.

Her lover is a packhorse driver. On days when he does not lead a horse, he always calls on her to continue their love affair.

In *Kyorai-sho*, Basho writes: “It is a good example of personal character in poetry”.That is to say, Basho describes a man and a woman vividly, from the viewpoint of personal characteristics.

The previous poem discusses a woman. In contrast, this time, Basho discusses a man. When creating linked verse, such a method is called “*mukai-zuke*”, which is the opposite side-adding, in general.

This poem concerning a love affair was Basho’s pet work. I think that it is one of his most representative works because of its wit, simplicity, and brevity.

Generally, *Sumidawara* covers various topics, including landscape, daily life, agriculture, business, manners and customs, weather, disaster, economy, politics, military affairs, love affairs, and more. There is no quotation from the classical books.

§5 Three features of the translation

In this book, I translated Basho’s linked verse in *Sumidawara* (*A Sack of Charcoal*) into English. *Sumidawara* is one of the Basho school’s seven canonical *haikai* collections. While translating this work, I paid careful attention to three points (see Table 6).

Table 6
Three features of the translation present in this book

Features	Examples	Verse
1 Addition of the subtle nuance of Japanese	The scent is around me	cf.5-1-1
2 Positive presentation of concrete images	as a giant gets up slowly	cf.5-1-1
3 Creation of a rhythm for reading aloud	pheasants are chirming now	cf.5-1-2

Firstly, the Japanese language is very meaningful and interesting, so I translated its subtle nuances into English.

Secondly, the *haikai* writers made painstaking efforts to convey a series of images, so I tried to present concrete images in the translation.

Finally, it is important to create beautiful English. I added some words to the translation to produce a rhythm conductive to reading aloud.

As previously mentioned, René Sieffert translated *Sumidawara* into French. Moreover, Basho's *Oku-no Hosomichi* (*The Narrow Road to the Oku Region*) has been translated into many languages, including English, French, German, and Spanish. However, none of these translations contain the above-mentioned features.

Lastly I added some English notes to the words denoting Japanese manners and customs.

§6 My research projects

Here, I briefly describe my research projects concerning linked verse. I used statistics, especially mathematical quantification theory classes II and III. Consequently, several points have been revealed clearly, as follows:

(A) So far, the last book of Basho's linked verse, *A Memorial Collection*, has been controversial. In other words, some people have given it highly positive reviews, just like *A Sac of Charcoal*, but on the other hand, other researchers, including Koda Rohan, have not perceived any value in it.

My research revealed that *A Memorial Collection* is an extension of *A Sac of Charcoal* (see Fig 1). Among such relationships, *Wilderness* is located far away from the other clusters on the positioning map (see Fig 1). It is revealed clearly, as newly gained

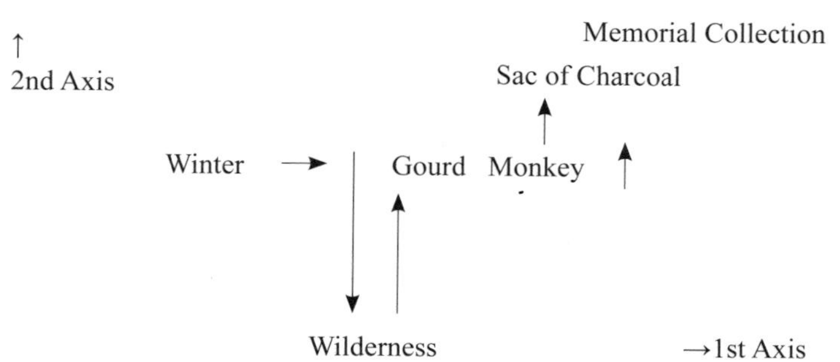

Figure 1 Schematic diagram: History of Basho's linked verse

knowledge.

(B) The complexity of Basho's linked verse is comparable to that of a multi-dimensional manifold in mathematics. It shows a variety of shapes, depending upon cut surfaces.

For this reason, we cannot definitively say which volume of *A Memorial Collection* is similar to *A Sac of Charcoal*. It depends on the analytical conditions.

However, we can mathematically calculate the probability of resemblance to determine which volume is relatively similar to *A Sac of Charcoal*.

§7 So-called "writer theory"

I have been conducting research on Basho and linked verse for a long time. From this viewpoint, I will mention so-called "writer theory" about Matsuo Basho.

(1) The majority of Basho's most famous works were published during the last 10 years of his life, which I think is a kind of miracle.

During Basho's final 10 years, he always incorporated innovative elements into his linked verse. In other words, he was committed to self-improvement, as evidenced by the historical evolution of the linked verse in his *haikai* books. Every time I read them, I feel that Basho's linked verse style in his later years is totally different from that he created in his youth.

(2) "*Nioi-zuke*", a technique for writing linked verse, can be found throughout Basho's books. The method entails adding a poem depending on the preceding poem's "*nioi*", which is the lingering sound, charm, elegance, mood, feeling, taste, nuance and so forth.

This technique is characteristic of the Basho school's linked verse. It was probably born in the course of a long, hard struggle to create original linked verse.

(3) I assume that Basho's books sold well in the Edo period. In fact, *A Memorial Collection* was published after Basho's death. I think he was among the bestselling authors.

(4) The Basho school comprises a variety of people.

A merchant, Ochi Etsujin (1656-1739), was involved with the second book, *Wilderness*. He originally ran a dye shop in the Nagoya region. In 1688, he joined Basho on the trip for which the book *Sarashina Kiko* is famous. He was one of "*the shoumon jittetsu*", the Basho school's ten prominent disciples.

Some groups of merchants are known to have assisted Basho financially. Traveling to the Oku region, which is famous in relation to the book *Oku-no Hosomichi*, was very expensive.

Basho was not a lone wolf. Many disciples supported his life and work. Basho should be more highly evaluated, as the leader of his *haikai* group.

(5) Basho should be more widely recognized, as the leader of

his creative group. I have keenly realized the necessity of raising awareness of this, because I have been conducting research on group-created linked verse. We can find concrete examples in the episodes described in the book, *Kyorai-sho*.

(6) Basho is a total *haikai* writer. In fact, he wrote both *haiku* and linked verse. No other figure like Basho has appeared in Japanese history since his death.

§8 History of linked verse

In the Edo period, *haiku* writers also created *renku*, linked verse, in general. For this reason, many people read Basho's linked verse as a textbook to learn how to write in that style.

After the Meiji Restoration, however, the famous *haiku* poet, Masaoka Shiki, denied the value of Basho's linked verse completely. In fact, in a book published in 1893, he wrote that linked verse was not an art.

He wielded enormous influence througout Japan, so subsequent to his derogatory statement, people neither wrote nor read linked verse for a long time, and the trend has continued up to the present.

After World War II, some people highly evaluated Basho's linked verse. For example, the famous novelist, Koda Rohan (1867-1947), spent over 30 years studying Basho's linked verse, and in his later years, he published epoch-making commentary in his books.

Presently, however, only a few researchers study linked verse in Japan. This is the current situation.

I think that Basho's linked verse is among the most important artworks in Japanese history, although Masaoka Shiki denied its value for some inscrutable reason.

However, its value never changes.

I hope that more people in Japan and the rest of the world will read Basho's linked verse.

§9 My declaration

In conclusion, Basho is one of the most important poets in Japanese history.

February 14, 2024
Kazumitsu Ito /
Ophthalmologist and researcher majoring in
Japanese literature

第一部

俳諧七部集『炭俵』の英語訳と解説

English translation of *A Sac of Charcoal*

芭蕉連句の英語訳と解説　(1)

― 俳諧七部集『炭俵』について ―

要旨：

筆者は、文理融合的な研究を目指している。

この論文では、俳諧七部集『炭俵』「梅が香の巻」における芭蕉連句を英訳した。現在でも『炭俵』は、英語に翻訳されていない。

筆者の翻訳には特徴が三点ある。すなわち、日本語のニュアンスを訳したこと、イメージの提示を重視したこと、英語のリズムを整えたことである。

後半の解説では、芭蕉連句に関する統計データ分析の最新の成果を要約した。すなわち、残差分析・数量化２類・数量化３類を用いた筆者の分析結果を提示した。

(1) 残差分析を用いた統計データ分析では、初期の『冬の日』『曠野』と後期の『猿蓑』『炭俵』を比較した。初期の作品群と『猿蓑』『炭俵』という後期の作品では、どのような共通点・相違点があるかを検討した。

(2) 数量化２類を用いた統計データ分析による最新の結果を記述した。前節では一括りにした『猿蓑』と『炭俵』の違いを明確化した。相関比＝0.96なので、外的基準は比較的よく判別されていた。『猿蓑』３巻に似ているのは、古典の援用が多く、ユーモアが少なく、オノマトペが多く、風景の話題が少ない巻である。風景の話題が最も影響する。カテゴリースコアから、関係式を得た。予測は、三つの方法で行った。『炭俵』3巻は『猿蓑』と異なる。予測確率は、89%～93%だった。

(3) 数量化3類を用いた統計データ分析による結果を挙げた。すなわち、数量化3類により、『炭俵』の俳諧七部集における位置付けを図式化した。前節の予測を、ここで実証した。

最後に、『炭俵』の特徴をまとめた。『炭俵』は、古典の援用が少なく、面影付けがない。日常生活の話題が多い。ユーモアが、有意に多い。あっさりとした文体が目立つ。美的センスが光彩を放っている。内容・形式両面において日常性に重点を置いた「軽み」を追求した作品と言える。

今後は、俳諧七部集『冬の日』について、「芭蕉連句の英訳と解説」をまとめたいと考えている。

1　はじめに

俳諧七部集とは、江戸時代初期、主に芭蕉一門の発句や連句を集めた撰集、7部12冊の名称である（表1参照）。芭蕉の没後に佐久間柳居が編集し、1732年（享保17年）頃に成立した。

表1　俳諧七部集の刊行年一覧

	書名	刊行年	
1	『冬の日』	貞享元年	1684年
2	『春の日』(芭蕉連句なし)	貞享3年	1686年
3	『曠野』	元禄2年	1689年
4	『ひさご』	元禄3年	1690年
5	『猿蓑』	元禄4年	1691年
6	『炭俵』	元禄7年	1694年
7	『続猿蓑』(追悼集)	元禄11年	1698年

筆者は、文理融合的な研究を目指している。この論文では、俳諧七部集『炭俵』「梅が香の巻」における芭蕉連句を英訳した(1)。この翻訳には、特徴が三点ある。すなわち、日本語のニュアンスを訳したこと、イメージの提示を重視したこと、英語のリズムを整えたことである。

後半の解説では、芭蕉連句に関する統計データ分析の最新の成果を要約した(2)。すなわち、残差分析・数量化2類・数量化3類を用いた筆者の分析結果を提示した。

なお、本研究においてテーマとする『炭俵』は、俳諧七部集の一つである。1694年（元禄7年）に刊行された。表2に示したように、『炭俵』のフランス語訳はあるが、現在でも、英語には翻訳されていない(3)。

表2　俳諧七部集における芭蕉連句の翻訳一覧

翻訳	訳者	刊行年	『冬の日』	『曠野』	『ひさご』	『猿蓑』	『炭俵』	『続猿蓑』
仏訳	ルネ・シフェール	1986〜94	○	○	○	○	○	○
英訳	マイナー＆小田桐	1981	△		○	○		
英訳	Mayhew	1985				△		
独訳	Dombrady	1994				○		

（○は全体、△は一部のみ）

2　『炭俵』の英語訳
English translation of *A Sac of Charcoal*

俳諧七部集『炭俵』において芭蕉が連句を詠んでいる三歌仙の構成は、表3のとおりである。

表3　俳諧七部集『炭俵』における芭蕉連句の構成と俳諧師一覧

巻	句の構成	俳諧師
梅が香の巻	6, 12, 12, 6	芭蕉、野坡
空豆の巻	6, 12, 12, 6	狐屋、芭蕉、岱水、利牛
振売の巻	6, 12, 12, 6	芭蕉、野坡、狐屋、利牛

以下、『炭俵』「梅が香の巻」の英語訳を日英対訳で示す。

なお、句のナンバリングは、モーツァルトが作曲した楽曲における「ケッヘル番号」と同様に、芭蕉連句の作品番号を意味する。

これは、筆者が芭蕉連句に関する論文において、独自に付加したものである。

(A)　１番目の数字は、本の番号である。年代順に、『冬の日』は１、『猿蓑』が４、『炭俵』は５などである。

(B)　２番目の数字が、ページ数に該当する。俳諧の歌仙の場合には、懐紙を２枚使う。懐紙の１枚目の表と裏、２枚目の表・裏、合計４ページに36句を記載する。そのページ数を意味する。

(C)　３番目の数字は、句を書きつけた懐紙の表・裏（ページ内）における句の順番を示す。おおむね、１～12までである。

すなわち、俳諧の歌仙では、長句と短句を交互に36句続ける。１枚の懐紙の第１紙の表に６句、裏に12句、第２紙の表に12句、裏に６句を書きつけた。

そのため、ページ内における句の順番は、順に、１～６まで、１～12まで、１～12まで、１～６までとなっている。

「梅が香の巻」

The volume “*Ume-ga ka*”

5-1-1　むめがゝにのつと日の出る山路かな　芭蕉

Ume-ga ka-ni, notto hi-no deru, yamaji-kana. By Basho

Ume blossoms.

The scent is around me.

The sun is rising, as a giant gets up slowly,

on the way to the top of the mountain.

5–1–2　処々に雉子の啼たつ　野坡

Tokorodokoro-ni, kiji-no nakitatsu. By Yaba

Here and there

pheasants are chirming now.

5–1–3　家普請を春のてすきにとり付いて　野坡

Yabushin-wo, haru-no tesuki-ni, toritsui-te. By Yaba

Building a house.

When we were free in spring

we started on it.

5–1–4　上のたよりに上がる米の値　芭蕉

Kami-no tayori-ni, agaru kome-no ne. By Basho

According to the notice from Kamigata (Note 4)

the price of rice will rise.

5–1–5　宵の内はらはらとせし月の雲　芭蕉

Yoi-no uchi, harahara-to seshi, tsuki-no kumo. By Basho

In the early evening

it was drizzling.

Cloud over the moon.

5–1–6　藪越はなすあきのさびしさ　野坡

Yabugoshi hanasu, aki-no sabishisa. By Yaba

With a man on the off side of a thicket

we talk about loneliness in autumn.

5-2-1　御頭へ菊もらはるゝめいわくさ　野坡

Okashira-e, kiku morawaruru, meiwakusa. By Yaba

My boss

begged a chrysanthemum of me.

That's so annoying.

5-2-2　娘を堅う人にあはせぬ　芭蕉

Musume-wo katou, hito-ni awasenu. By Basho

Firmly I protect my daughter.

I will not let her see a young man.

5-2-3　奈良がよひおなじつらなる細基手　野坡

Nara-gayoi, onaji tsuranaru, hosomotode. By Yaba

Two traders in Nara linen.

They are comparable in their ability

with a little capital.

5-2-4　ことしは雨のふらぬ六月　芭蕉

Kotoshi-wa ame-no, furanu rokugatsu. By Basho

This year, it isn't raining much

even in June.

5-2-5　預けたるみそとりにやる向海岸　野坡

Azuketaru, miso tori-ni yaru, mukougashi. By Yaba

I stored homemade miso

in a safe house on the other side of the river.

But I'll have my servant go there to get it.

5-2-6　ひたといひ出すお袋の事　芭蕉

Hita-to iidasu, ofukuro-no koto. By Basho

Suddenly we start to talk
about our mother.

5-2-7　終宵尼の持病を押へける　野坡

Yo-mo sugara, ama-no jibyou-wo, osae-keru. By Yaba

Throughout the long night
an old nun had a stomachache.
I nursed her.

5-2-8　こんにやくばかりのこる名月　芭蕉

Konnyaku-bakari, nokoru meigetsu. By Basho

Konnyaku alone was left over
on the night of the harvest moon.

5-2-9　はつ雁に乗懸下地敷て見る　野坡

Hatsukari-ni, norikake-shitaji, shii-te miru. By Yaba

Wild geese are flying firstly.
Cushion on the saddle of horse.
I try to put it on.

5-2-10　露を相手に居合ひとぬき　芭蕉

Tsuyu-wo aite-ni, iai hitonuki. By Basho

With a dewdrop as an opponent,
I drew my sword one time.

5–2–11　町衆のつらりと酔て花の陰　野坡
Choushuu-no, tsurari-to you-te, hana-no kage. By Yaba
Rich masters in a row are drunk.
Flower of shade.

5–2–12　門で押るゝ壬生の念仏　芭蕉
Mon-de osaruru, mibu-no nenbutsu. By Basho
The crowds are pressed against the gate
on the day of Mibu prayer to Buddha. (Note 5)

5–3–1　東風々に糞のいきれを吹まはし　芭蕉
Kochikaze-ni, koe-no ikire-wo, fuki-mawashi. By Basho
In the east wind
a foul smell of night soil
is blown about.

5–3–2　たゞ居るまゝに肱わづらふ　野坡
Tada irumama-ni, kaina wazurau. By Yaba
In idling my time away,
I am suffering from elbow pain.

5–3–3　江戸の左右むかひの亭主登られて　芭蕉
Edo-no sau, mukai-no teishu, noborare-te. By Basho

Talking of business in Edo,
the husband living across from my house
has returned to Kyoto again.

5–3–4　こちにもいれどから臼をかす　野坡
Kochinimo ire-do, karausu-wo kasu. By Yaba
Here, even though we are in need,
we permitted use of the mortar for rice.

5–3–5　方々に十夜の内のかねの音　芭蕉
Houbou-ni, jyuuya-no uchi-no, kane-no oto. By Basho
From around the house,
the bells ring in a tinkling manner
during the ten-night memorial service.

5–3–6　桐の木高く月さゆる也　野坡
Kiri-no ki takaku, tsuki sayuru-nari. By Yaba
High tree of Tung.
Moon is shining cold.

5–3–7　門しめてだまつてねたる面白さ　芭蕉
Kado shime-te, damatte netaru, omoshirosa. By Basho
Closed the door,
I was sleeping in silence.
I enjoyed myself to the fullest.

5-3-8　ひらふた金で表がへする　野坡

Hirouta kane-de, omotegae suru. By Yaba

I picked up some money on the street.

I replaced the old tatami matting with new.

5-3-9　はつ午に女房のおやこ振舞て　芭蕉

Hatsuuma-ni, nyoubo-no oyako, hurumou-te. By Basho

At the First Horse Day festival, (Note 6)

I called my wife's relatives.

I treated them.

5-3-10　又このはるも済ぬ牢人　野坡

Mata kono haru-mo, sumanu rounin. By Yaba

Also this spring

a masterless samurai could not return to his lord's service.

5-3-11　法印の湯治を送る花ざかり　芭蕉

Houin-no, touji-wo okuru, hanazakari. By Basho

Mountain priest.

A masterless samurai sends him to the place of the hot spring cure

at the time of flowering.

5-3-12　なは手を下りて青麦の出来　野坡

Nawate-wo ori-te, aomugi-no deki. By Yaba

Down the road between the fields,
we can see extended leaves of wheat.

5-4-1　どの家も東の方に窓をあけ　野坡
Dono ie-mo, higashi-no hou-ni, mado-wo ake. By Yaba
Every house
has an east-facing
window.

5-4-2　魚に喰あくはまの雑炊　芭蕉
Uo-ni kuiaku, hama-no zousui. By Basho
In the fishing village
I got tired of eating rice gruel with fish.

5-4-3　千どり啼一夜一夜に寒うなり　野坡
Chidori naku, ichiyaichiya-ni, samuu-nari. By Yaba
Plovers near the shore are singing.
With every passing night,
it is getting colder and colder.

5-4-4　未進の高のはてぬ算用　芭蕉
Mishin-no taka-no, hatenu sanyou. By Basho
To calculate the amount of non-payment
it doesn't look like ending any time soon.

5-4-5　隣へも知らせず嫁をつれて来て　野坡

Tonari-emo, shirasezu yome-wo, tsurete kite. By Yaba

Without notifying my neighbors
I brought my wife here.

5-4-6　屛風の陰にみゆるくはし盆　芭蕉

Byoubu-no kage-ni, miyuru kashibon. By Basho

In the shadow of the folding screen
we can see the candy tray.

「梅が香の巻」に関する英訳は、以上のとおりである。
次章からは、『炭俵』の解説を述べる。

3　『炭俵』の解説

3-1　翻訳の特徴

まず、この第1節では、筆者による翻訳の特徴を明確化しておく。
筆者は、『炭俵』「梅が香の巻」36句を英訳した。この翻訳には、特徴が三点ある。すなわち、日本語のニュアンスを訳したこと、イメージの提示を重視したこと、英語のリズムを整えたことである。

具体例を挙げる。「梅が香の巻」冒頭部分である。

5-1-1　むめがゝにのつと日の出る山路かな　芭蕉

Ume-ga ka-ni, notto hi-no deru, yamaji-kana. By Basho

Ume blossoms.
The scent is around me.
The sun is rising, as a giant gets up slowly,
on the way to the top of the mountain.

5–1–2　処々に雉子の啼たつ　野坡
Tokorodokoro-ni, kiji-no nakitatsu. By Yaba
Here and there
pheasants are chirming now.

⑴　「むめがゝに」の「に」は、感嘆表現である。（The scent）is around me. と、日本語のニュアンスを積極的に訳した。
⑵　Ume blossoms, The scent, The sun というように、行頭に具体的なイメージを列挙した。イメージの提示を重視した。
⑶　pheasants are chirming now. の箇所は、now を付加した。音読する際の、英語のリズムを整えた。

以上が、筆者による翻訳の特徴の具体例である。

3-2　残差分析

次に、この第２節では、残差分析を用いた統計データ分析による結果を示す。
初期の『冬の日』『曠野』と後期の『猿蓑』『炭俵』を比較した。

初期の作品群と『猿蓑』『炭俵』という後期の作品では、どのような共通点・相違点があるかを検討した。

3-2-1　古典の援用・ユーモア・オノマトペと俗語の四点に関する比較

母集団は、6巻216句である。

表4　『冬の日』『曠野』と『猿蓑』『炭俵』の比較（表現の特徴四項目）を示す表

	古典の援用	ユーモア	オノマトペ	俗語
『冬の日』『曠野』	31▲	5▽	3	1
『猿蓑』『炭俵』	15▽	13▲	5	5

▲有意に多い（$p<0.05$）▽有意に少ない（$p<0.05$）

表4から、次の二点が明らかになった。

(1)　『冬の日』『曠野』で多く、『猿蓑』『炭俵』は少ないもの：
古典の援用
(2)　『冬の日』『曠野』で少なく、『猿蓑』『炭俵』は多いもの：
ユーモア

このような結果が得られた。

修士論文（放送大学ホームページにて公開中）における巻ごとの比較によって、次の点が分かっていた。

(A) 『冬の日』は古典の援用が多い。
(B) 『炭俵』ではユーモアが多い。
(C) 『猿蓑』も比較的ユーモアが多い。

これらを反映した結果となっている。

3-2-2 連句に特有な「付合句法」に関する、『冬の日』『曠野』と『猿蓑』『炭俵』の比較

母集団は、6巻210句である（各巻から冒頭の発句を除く）。

表5 『冬の日』『曠野』と『猿蓑』『炭俵』の比較（付合句法）を示す表

	匂い	面影	対	心	詞	扉	逆	拍子	違	見立	向	起情
『冬の日』『曠野』	2	8▲	6	3▽	4	1	3	1	2	1	0▽	0
『猿蓑』『炭俵』	2	1▽	2	9▲	1	0	4	0	1	0	3▲	1

▲有意に多い（$p<0.05$）▽有意に少ない（$p<0.05$）

表5から、次の二点が明らかになった。

(1) 『冬の日』『曠野』で多く、『猿蓑』『炭俵』は少ないもの：
面影付け
(2) 『冬の日』『曠野』で少なく、『猿蓑』『炭俵』は多いもの：
心付け・向付け

このような結果が得られた。

修士論文における巻ごとの比較によって、次の点が分かっていた。

(A) 『冬の日』は面影付けが多い。
(B) 『炭俵』では心付けが散在してみられる。
(C) 『猿蓑』には心付けが多い。

これらを反映した結果となっている。
（向付けが有意に多いことに関しては、全体のサンプル数が少ないことも影響しているかもしれない。何とも言えない。今後の研究課題である）

3-2-3 話題に関する、『冬の日』『曠野』と『猿蓑』『炭俵』の比較

母集団は、6巻216句である。

表6 『冬の日』『曠野』と『猿蓑』『炭俵』の比較（句の話題）を示す表

	風景	日常生活	農業	商業	風俗習慣	天気	災害	経済	政治	軍事	恋愛
『冬の日』『曠野』	82▲	57▽	1▽	7	15▲	8▽	2	0▽	13▲	7	24▲
『猿蓑』『炭俵』	54▽	95▲	7▲	9	6▽	18▲	6	4▲	3▽	3	11▽

▲有意に多い（$p<0.05$）▽有意に少ない（$p<0.05$）

表6から、次の二点が明らかになった。

(1) 『冬の日』『曠野』で多く、『猿蓑』『炭俵』は少ないもの：

風景・風俗習慣・政治・恋愛

(2) 『冬の日』『曠野』で少なく、『猿蓑』『炭俵』は多いもの：
日常生活・農業・天気・経済

このような結果が得られた。

修士論文における巻ごとの比較によって、次の点が分かっていた。

(A) 『冬の日』は風景・風俗習慣・政治・恋愛が多い。
(B) 『炭俵』では日常生活・農業・経済が多い。
(C) 『猿蓑』では日常生活・経済が多い。

これらを反映した結果となっている。

3-3　数量化２類

さらに、この第３節では、数量化２類を用いた統計データ分析による最新の結果を記述する。

前節では一括りにした『猿蓑』と『炭俵』の違いを明確化したい。すなわち、『炭俵』は『猿蓑』と似ているか？　という問題に関して、数量化２類分析により予測を行った。

すなわち、『冬の日』５巻『ひさご』１巻は異なる。
『猿蓑』３巻と『曠野』１巻は似ているとする。
『続猿蓑』３巻は、俳諧七部集に似つかわしくないとも言われるため、除外する。

そして『炭俵』３巻は「わからない」として、「予測」を行う。

（1）表７が基本となる。

表７　古典の援用・ユーモア・オノマトペの三点と、風景・日常生活の話題に関する数量化２類のためのカテゴリーデータを示す表（一種のアンケート調査と考える）

	似ているか	古典の援用	ユーモア	オノマトペ	風景	日常生活
『冬の日』１	2	3	2	2	3	1
『冬の日』２	2	2	1	2	3	2
『冬の日』３	2	2	1	1	3	1
『冬の日』４	2	3	2	1	2	2
『冬の日』５	2	3	1	1	3	1
『曠野』１	1	3	1	1	2	3
『ひさご』１	2	2	2	1	2	3
『猿蓑』１	1	3	2	2	2	3
『猿蓑』２	1	2	2	2	2	3
『猿蓑』３	1	2	1	2	2	2
『炭俵』１	3	2	2	2	2	3
『炭俵』２	3	2	2	1	2	2
『炭俵』３	3	2	2	1	2	2
回答 1	似ている		頻度０～１	頻度０		頻度１～８
回答 2	異なる	頻度０～４	頻度２～３	頻度１～２	頻度１～14	頻度９～15
回答 3	わからない	頻度５～７			頻度15～22	頻度16～22
	目的変数	説明変数	説明変数	説明変数	説明変数	説明変数

なお、図表を見やすくする都合上、やむなく、以下の略称を用いた。

『冬の日』１は、「狂句こがらしの巻」を表す。
『冬の日』２は、「はつ雪の巻」を表す。
『冬の日』３は、「霽の巻」を表す。
『冬の日』４は、「炭売の巻」を表す。
『冬の日』５は、「霜月の巻」を表す。
『曠野』１は、「雁がねの巻」を表す。
『ひさご』１は、「花見の巻」を表す。
『猿蓑』１は、「鳶の羽の巻」を表す。
『猿蓑』２は、「市中の巻」を表す。
『猿蓑』３は、「灰汁桶の巻」を表す。
『炭俵』１は、「梅が香の巻」を表す。
『炭俵』２は、「空豆の巻」を表す。
『炭俵』３は、「振売の巻」を表す。
『続猿蓑』１は、「八九間の巻」を表す。
『続猿蓑』２は、「霜の松露の巻」を表す。
『続猿蓑』３は、「夏の夜の巻」を表す。

（２）まず、数量化２類に適用するデータは、次式の条件を満たしていなければならない。

個体数＞説明変数カテゴリー総数－説明変数個数＋１

関係式を作成するために数量化２類を適用する個体（巻）は、『冬の日』１～５、『猿蓑』１～３、『曠野』１、『ひさご』１である。
個体数（巻数）は、合計10人（10巻）である。

説明変数カテゴリー総数＝２（古典の援用）＋２（ユーモア）＋２（オノマトペ）＋２（風景の話題）＋３（日常生活の話題）＝11
説明変数個数＝５より
説明変数カテゴリー総数－説明変数個数＋１＝11－５＋１＝７

10＞７より、「このデータは数量化２類が適用できる」。

（３）基本解析により、
オノマトペが多いほど、風景の話題が少ないほど、日常生活の話題が多いほど、『猿蓑』３巻に似ている。
『猿蓑』３巻に似ている度合いの寄与度は、日常生活の話題が最も高い。

（４）以下、数量化２類の本論を論述する。
（４－１）数量化２類の結果
「入力データ」（表８）

表８　入力データ（数量化２類）

	似ているか	古典の援用	ユーモア	オノマトペ	風景	日常生活
『冬の日』１	2	3	2	2	3	1
『冬の日』２	2	2	1	2	3	2
『冬の日』３	2	2	1	1	3	1
『冬の日』４	2	3	2	1	2	2
『冬の日』５	2	3	1	1	3	1
『曠野』１	1	3	1	1	2	3
『ひさご』１	2	2	2	1	2	3
『猿蓑』１	1	3	2	2	2	3
『猿蓑』２	1	2	2	2	2	3
『猿蓑』３	1	2	1	2	2	2

この10巻の入力データを、統計ソフトにインプットする。

この入力データに関して、モデルを作り、数量化２類の分析を行った。結果を以下に示す。

相関比＝0.96なので、外的基準は比較的よく判別されている。

ここからは、数量化２類の結果に関して詳しくみていく。

（４－２）カテゴリースコアは関係式の係数である

今回の数量化２類を用いた分析に関する関係式を導きだす。

すなわち、「各カテゴリーの回答者が『猿蓑』３巻に似ているか異なるか」どちらに近いかを、関係式を用いて数量で表現する。

$$y=\{a_{11}x_{11}+a_{12}x_{12}\}+\{a_{21}x_{21}+a_{22}x_{22}\}+\{a_{31}x_{31}+a_{32}x_{32}\}$$
$$+\{a_{41}x_{41}+a_{42}x_{42}\}+\{a_{51}x_{51}+a_{52}x_{52}+a_{53}x_{53}\}$$

$a_{11}x_{11}$ 古典の援用 頻度０～４	$a_{12}x_{12}$ 古典の援用 頻度５～７	$a_{21}x_{21}$ ユーモア 頻度０～１	$a_{22}x_{22}$ ユーモア 頻度２～３	$a_{31}x_{31}$ オノマトペ 頻度０	$a_{32}x_{32}$ オノマトペ 頻度１～２
$a_{41}x_{41}$ 風景 頻度１～14	$a_{42}x_{42}$ 風景 頻度15～22	$a_{51}x_{51}$ 日常生活 頻度１～８	$a_{52}x_{52}$ 日常生活 頻度９～15	$a_{53}x_{53}$ 日常生活 頻度16～22	

x_{11}、x_{12}、x_{21}、x_{22}は、１，０データ

ただし、関係式の係数は、以下のカテゴリースコアである（表９）。

表９　関係式の係数つまりカテゴリースコア（数量）の一覧表

項目名（アイテム）	カテゴリー名	係数	カテゴリースコア（数量）
古典の援用	頻度０～４	a_{11}	0.150086
	頻度５～７	a_{12}	−0.15009
ユーモア	頻度０～１	a_{21}	−0.64322
	頻度２～３	a_{22}	0.643225
オノマトペ	頻度０	a_{31}	0.664666
	頻度１～２	a_{32}	−0.66467
風景	頻度１～14	a_{41}	−0.85763
	頻度15～22	a_{42}	1.28645
日常生活	頻度１～８	a_{51}	−0.45455
	頻度９～15	a_{52}	0.660377
	頻度16～22	a_{53}	−0.15437

以上で、今回の数量化２類を用いた分析に関する関係式を導

きだすことができた。

これによって、「各カテゴリーの回答者が『猿蓑』３巻に似ているか異なるか」のどちらに近いかを、数値で予測することができる。

（４－３）サンプルスコア

ここでは、関係式に代入してＹを求めることを行う。表７から、全ての巻についてサンプルスコアを求める（表10）。

表10　全ての巻についてのサンプルスコア

No.	巻	サンプルスコア	推定群	実績群
1	『冬の日』１	0.66	2	2
2	『冬の日』２	0.79	2	2
3	『冬の日』３	1.00	2	2
4	『冬の日』４	0.96	2	2
5	『冬の日』５	0.70	2	2
6	『曠野』１	−1.14	1	1
7	『ひさご』１	0.45	2	2
8	『猿蓑』１	−1.18	1	1
9	『猿蓑』２	−0.88	1	1
10	『猿蓑』３	−1.36	1	1

似ている層を１、異なる層を２とした

以上、全ての巻についてサンプルスコアを求めた。

（４－４）分析精度

分析精度を調べる方法を、二つ示す。

一つは、実績値（似ているか異なるか）とサンプルスコアとの相関比である。

相関比＝0.98

非常に強い関連がある。

もう一つは、判別クロス表を用いる方法である。

判別的中率（75％以上）：（６＋４）÷10＝100％

判別的中率と相関比の両方とも、基準の値を上回っている。

これらは、関係式（一次式）がどの程度データの散布図を近似しているかの指標である。

関係式を適用する場合、予測の精度は優れていることが分かった。

（４－５）『炭俵』に関するサンプルスコアを算出する

表７より、『炭俵』に関するサンプルスコアを算出したい。

結果をまとめる（表11）。

表11　『炭俵』１～３についてのサンプルスコア

巻	サンプルスコア	推定群
『炭俵』1	0.96	2　異なる
『炭俵』2	3.10	2　異なる
『炭俵』3	3.10	2　異なる

似ている層を１、異なる層を２

（４－６）予測

ここでは、『炭俵』１～３について、三つの方法で「予測」を行う。

（方法１）簡便法

表11の結果から、『炭俵』１～３についてのサンプルスコアは0.96、3.10、3.10である。プラスなので「異なる」と判定する。

（方法２）「判別的中点」法

サンプルスコアの度数分布表を作成する。

そして「似ている」「異なる」の累積％グラフの交点の横軸の値を、判別的中点という。

判別的中点は求められない（またはサンプルスコア−0.2である）。

サンプルスコア−0.2が判別的中点とすると、

『炭俵』１についてのサンプルスコアは0.96＞−0.2である。

「異なる」と判定する。

『炭俵』２についてのサンプルスコアは3.10＞−0.2である。
「異なる」と判定する。
『炭俵』３についてのサンプルスコアは3.10＞−0.2である。
「異なる」と判定する。

（方法３）「確率」法
判別的中点の表における横％を、当該階級幅に属するサンプルスコアの確率と判断する。
階級値と確率の散布図に、１次関数を単回帰分析によって当てはめる。
１次関数のXに予測する２人（巻）のサンプルスコアを代入して、確率を予測する。
予測値がマイナスの場合は０％、100％を超えた場合は100％とする（図１）。

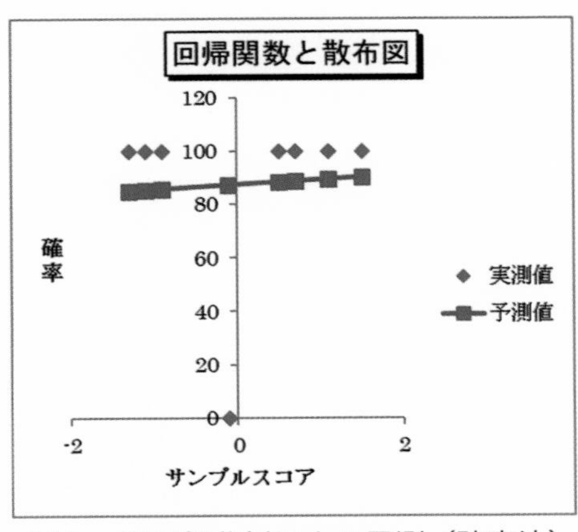

図１　単回帰分析による予測（確率法）

1次関数：$y = 1.898734x + 87.40506$

『炭俵』1についての予測：

$$y = 1.898734 \times (0.960545) + 87.40506 = 89\%$$

『炭俵』2についての予測：

$$y = 1.898734 \times (3.104628) + 87.40506 = 93\%$$

『炭俵』3についての予測：

$$y = 1.898734 \times (3.104628) + 87.40506 = 93\%$$

以上の結果をまとめると、表12のとおりになる。

表12　『炭俵』1〜3の「予測」

巻	サンプルスコア	方法1	方法2	方法3
『炭俵』1	0.96	異なる	(異なる)	確率89%で異なる
『炭俵』2	3.10	異なる	(異なる)	確率93%で異なる
『炭俵』3	3.10	異なる	(異なる)	確率93%で異なる

(5) まとめ

数量化2類を行った。『猿蓑』3巻と似ているか調査した。

すなわち、『冬の日』5巻『ひさご』1巻は異なる。

『猿蓑』3巻と『曠野』1巻は似ているとした。

『続猿蓑』3巻は、俳諧七部集に似つかわしくないとも言われるため、除外した。

そして『炭俵』3巻は「わからない」として、「予測」を行った。

相関比＝0.96なので、外的基準は比較的よく判別されていた。

『猿蓑』３巻に似ているのは、古典の援用が多く、ユーモアが少なく、オノマトペが多く、風景の話題が少ない巻であることが分かった。
「風景」の話題が最も影響する。

カテゴリースコアから、関係式を得た。

予測は、三つの方法で行った。
『炭俵』３巻は『猿蓑』と異なる。
予測確率は、89％～93％だった。
以上のことが分かった。

3-4　数量化３類

この第４節では、数量化３類を用いた統計データ分析による結果を挙げておく。すなわち、数量化３類により、『炭俵』の俳諧七部集における位置付けを図式化した。前節の予測を、ここで実証する。『炭俵』の特徴に関するまとめも行った。

「古典の援用・ユーモア・オノマトペの三点と風景・日常生活の話題」に関して、数量化３類分析を行う。
表13が基本となる。

表13　古典の援用・ユーモア・オノマトペの三点と、風景・日常生活の話題に関する数量化３類のためのカテゴリーデータを示す表（一種のアンケート調査と考える）

		似ているか	古典の援用	ユーモア	オノマトペ	風景	日常生活
『冬の日』1		1	3	2	2	3	1
『冬の日』2		1	2	1	2	3	2
『冬の日』3		1	2	1	1	3	1
『冬の日』4		1	3	2	1	2	2
『冬の日』5		1	3	1	1	3	1
『曠野』1		2	3	1	1	1	3
『ひさご』1		1	2	2	1	1	3
『猿蓑』1		2	3	2	2	2	3
『猿蓑』2		2	2	2	2	1	3
『猿蓑』3		2	2	1	2	2	2
『炭俵』1		1	1	2	2	1	3
『炭俵』2		1	1	2	1	2	2
『炭俵』3		1	1	2	1	1	2
『続猿蓑』1		3	1	1	2	1	3
『続猿蓑』2		3	1	1	1	2	2
『続猿蓑』3		3	1	1	1	2	3
回答	1	似ている	頻度０～１	頻度０～１	頻度０	頻度１～８	頻度１～８
	2	異なる	頻度２～４	頻度２～３	頻度１～３	頻度９～14	頻度９～15
	3	わからない	頻度５～７			頻度15～22	頻度16～22
		目的変数	説明変数	説明変数	説明変数	説明変数	説明変数

数量化３類分析の結果、次のようになった（表14、図２、図３）。

表14　数量化３類の結果

	第１軸	第２軸
固有値	0.051309	0.025517
カテゴリー数量		
古典の援用	−1.12819	−1.476
ユーモア	0.560105	−0.51167
オノマトペ	0.282874	0.757213
風景	−1.007168	1.343971
日常生活	1.340596	−0.10363

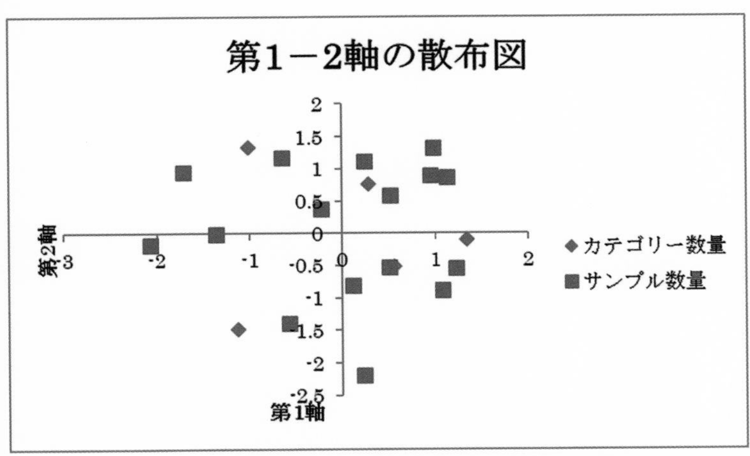

図２　数量化３類による第１－２軸の散布図

第１軸は、日常生活の話題で多く、古典の援用や風景の話題で少ない。

第２軸は、風景の話題で多く、古典の援用で少ない。

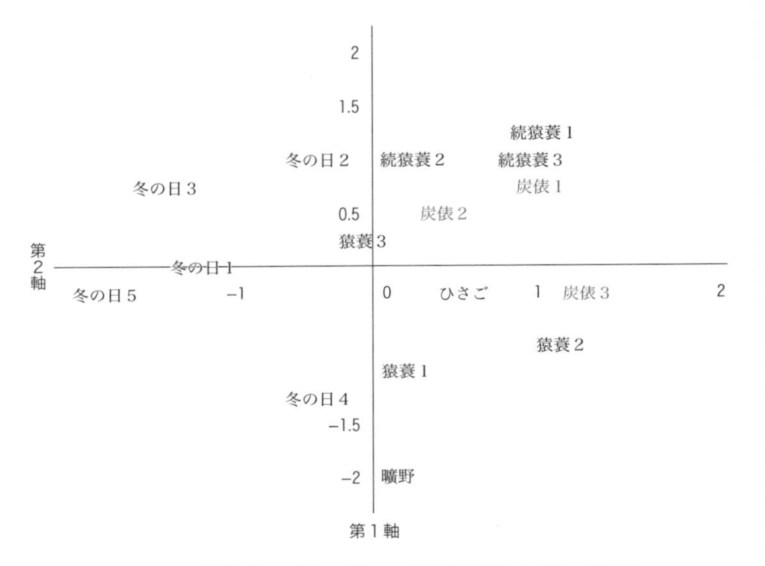

図３　数量化３類　サンプル数量散布図の詳細

以上、数量化３類により、『炭俵』の俳諧七部集における位置付けを図式化した。前節の予測を、ここで実証した。

3-5 『炭俵』のまとめ

最後に、今までの筆者による研究をまとめておく。

以下のように、『炭俵』の特徴をまとめることができる。

『炭俵』は、古典の援用が少なく、面影付けがない。日常生活の話題が多い。ユーモアが、有意に多い。あっさりとした文体が目立つ。美的センスが光彩を放っている。内容・形式両面において日常性に重点を置いた「軽み」を追求した作品と言えるだろう。

以上、『炭俵』の特徴に関して、まとめを行った。

なお筆者は、400字詰め原稿用紙に換算して、50枚以内に論文をまとめるようにしている。そのため、この論文では、字数の関係で、『炭俵』「梅が香の巻」に収録されている連句のみ、英訳を掲載した。他の巻に含まれている連句に関しては、また別の機会に英訳を公表したいと考えている。

今後は、俳諧七部集『冬の日』について、「芭蕉連句の英訳と解説」をまとめてみたいと考えている。

〈注〉(Notes)

注４～注６は、「上方」・「壬生念仏」・「初午」といった、日本の「風俗習慣」に関して英語で解説した。

(1) 以下の注解書などを参考にした。

(A) 幸田露伴『評釈芭蕉七部集』(岩波書店、1983年)

(B) 伊藤正雄『俳諧七部集　芭蕉連句全解』(河出書房新社、1976年)

(C) 白石悌三・上野洋三（校注）『芭蕉七部集』(新日本古典文学大系)（岩波書店、1990年)

(D) 井本農一・堀信夫・久富哲雄・村松友次・堀切実（校注/訳）『松尾芭蕉集２』(新編日本古典文学全集)（小学館、1985年)

(E) 復本一郎『芭蕉の言葉　『去来抄』〈先師評〉を読む』(講談社学

術文庫）（講談社、2016年）

⑵　統計データの分析は、先行研究と同様に、パソコンで行った。
残差分析は、中野博幸・田中敏『フリーソフトjs-STARでかんたん統計データ分析』（技術評論社、2012年）70－83頁を参照。
数量化理論（数量化２類・数量化３類）に関しては、柳井久江『エクセル統計 ― 実用多変量解析編 ―』（オーエムエス出版、2005年）を参照。
先行研究と同じく本研究でも、「フリーソフトjs-STAR」、および、柳井久江前掲書付録「アドインソフトMulcel」を使用した。
特に、数量化２類は次の記述を参考にした。「多変量解析の手法別解説　数量化２類」統計分析研究所、株式会社アイスタット、ウェブサイト（2021年）
なお、先行研究は以下の論文である。
伊藤和光「芭蕉連句の統計データ分析⑴ ― 数量化３類による俳諧七部集の比較 ―」（伊藤和光『日本文学の統計データ分析』に収録）
伊藤和光「芭蕉連句の統計データ分析⑵ ― 数量化２類による俳諧七部集『続猿蓑』の検討 ―」（伊藤和光『日本文学の統計データ分析』に収録）

⑶　René Sieffert (tr.), Le sac à charbon (Publications orientalists de France 1993)
なお、ルネ・シフェール（1923－2004）は、フランスにおける日本研究の大家であり、翻訳家である。ストラスブール大学などで学んだ。『万葉集』、『源氏物語』、『平家物語』、『おくのほそ道』、俳諧七部集、『雨月物語』、谷崎潤一郎の『陰翳礼讃』など、日本文学の古典を数多くフランス語に翻訳している。それらは家族と設立した出版社から刊行されている。彼はフランス国立東洋言語文化研究所の所長も務めていた（1971－1976）。昭和58年度（1983年度）には、日本の国際交流基金賞を受賞している（フランス語版のWikipédiaなど

を参照)。
ルネ・シフェールによる俳諧七部集のフランス語訳は、おおむね、直訳・逐語訳となっている。

(Note 4) Kamigata (上方) is a western region in Japan, that includes Kyoto and Osaka. At the beginning of the Edo period, Kamigata was the economic and cultural center, although the Bakufu government was located in Edo city, namely Tokyo. Emperor Ten'no lived in Kyoto at the time. The reference in the linked verse to the notice from Kamigata refers to an official letter about the price of rice, issued from that location (cf. The Japanese version on Wikipedia "上方", etc.).

(Note 5) The "Mibu prayer to Buddha (壬生念仏)" is a Buddhist memorial service. It is held, for 10 days beginning on March 14, according to the lunar calendar. Presently, it is held from April 21 to April 29. During the time, we can watch Mibu Kyogen, a kind of pantomime that started about 700 years ago and comprises 30 dramas. Even in the Edo period, it was very popular. On event days, the crowd would fill the streets as the couplet describes (cf. The Japanese version on Wikipedia "壬生念仏", etc.).

(Note 6) The First Horse Day in February (初午) is the Inari shrine memorial day in Japan. Originally, people wished for a good harvest on this occasion. In the Edo period, children also entered Terakoya, a kind of primary school, on that day. In the poem, the male persona hosts a dinner for his wife's relatives to mark the occasion (cf. The Japanese version on Wikipedia "初午", etc.).

第二部

俳諧七部集『冬の日』の英語訳と解説

English translation of *Winter Days*

芭蕉連句の英語訳と解説　(2)

― 俳諧七部集『冬の日』について ―

要旨：

筆者は、文理融合的な研究を目指している。

この論文では、俳諧七部集『冬の日』「狂句こがらしの巻」における芭蕉連句を英訳した。

『冬の日』の英訳は、「霜月の巻」のみである。この翻訳では、解釈まで踏み込んで訳した。また、脚注の要素も織り込んだ。

後半の解説では、芭蕉連句に関する統計データ分析の最新の成果を要約した。すなわち、残差分析・数量化２類・数量化３類を用いた筆者の分析結果を提示した。

(1)　残差分析を用いた統計データ分析では、初期の『冬の日』『曠野』と後期の『炭俵』『続猿蓑』を比較した。初期の作品群と後期の作品群では、どのような共通点・相違点があるかを検討した。

(2)　数量化２類を用いた統計データ分析による、最新の結果を記述した。前節では一括りにした『冬の日』『曠野』の違いを明確化した。相関比＝0.91なので、外的基準は比較的よく判別されていた。古典の援用が多いほど、ユーモアが少ないほど、オノマトペが少ないほど、俗語が少ないほど、風景の話題が多いほど、日常生活の話題が少ないほど、『冬の日』５巻に似ている。『冬の日』５巻に似ている度合いの寄与度は、風景の話題が最も高い。カテゴリースコアから、関係式を得た。予測は、三つの方法で行った。『曠野』1は『冬の日』と異なる。予測確率は、88％である。『ひさご』1は『冬の日』と似ている。予測確率は80％だった。

(3) 数量化3類を用いた統計データ分析による結果を挙げた。すなわち、数量化3類により、『曠野』の俳諧七部集における位置付けを図式化した。前節の予測を、ここで実証した。

最後に、『冬の日』の特徴をまとめた。『冬の日』は、古典の援用・面影付け・風景の話題が多い。重厚な文体が目につく。貞門俳諧の影響も受けつつ、芭蕉一門の独自性という萌芽が見られる作品と考えられる。

今後は、俳諧七部集『猿蓑』について、「芭蕉連句の英訳と解説」をまとめたいと考えている。

1　はじめに

俳諧七部集とは、江戸時代初期、主に芭蕉一門の発句や連句を集めた撰集、7部12冊の名称である（表1参照）。芭蕉の没後に佐久間柳居が編集し、1732年（享保17年）頃に成立した。

表1　俳諧七部集の刊行年一覧

	書名	刊行年	
1	『冬の日』	貞享元年	1684年
2	『春の日』（芭蕉連句なし）	貞享3年	1686年
3	『曠野』	元禄2年	1689年
4	『ひさご』	元禄3年	1690年
5	『猿蓑』	元禄4年	1691年
6	『炭俵』	元禄7年	1694年
7	『続猿蓑』（追悼集）	元禄11年	1698年

筆者は、文理融合的な研究を目指している。

先行研究では、俳諧七部集『炭俵』「梅が香の巻」における芭蕉連句の英訳を行った(1)。

この論文では、前半で俳諧七部集『冬の日』「狂句こがらしの巻」の芭蕉連句を英訳した。

後半の解説では、芭蕉連句に関する統計データ分析の最新の成果を要約した(2)。すなわち、残差分析・数量化2類・数量化3類を用いた筆者の分析結果を提示した。

なお、表2に示したように、『冬の日』のフランス語訳はある(3)。しかしながら、英訳はまだ「霜月の巻」のみである。

表２　俳諧七部集における芭蕉連句の翻訳一覧

翻訳	訳者	刊行年	『冬の日』	『曠野』	『ひさご』	『猿蓑』	『炭俵』	『続猿蓑』
仏訳	ルネ・シフェール	1986～94	○	○	○	○	○	○
英訳	マイナー＆小田桐	1981	△		○	○		
英訳	Mayhew	1985				△		
独訳	Dombrady	1994				○		

（○は全体、△は一部のみ）

最後に、『冬の日』は、連句のみで、発句は入っていない。俳諧七部集の中で、最も難解であると言われている (4)。

２　『冬の日』の英語訳
English translation of *Winter Days*

俳諧七部集『冬の日』において芭蕉が連句を詠んでいる五歌仙の構成は、表３のとおりである。

表３　俳諧七部集『冬の日』における芭蕉連句の構成と俳諧師一覧

巻	句の構成	俳諧師
狂句こがらしの巻	6, 12, 12, 6	芭蕉、野水、荷兮、重五、杜国、正平
はつ雪の巻	6, 12, 12, 6	芭蕉、野水、荷兮、重五、杜国、正平
霽の巻	6, 12, 12, 6	芭蕉、野水、荷兮、重五、杜国、正平
炭売の巻	6, 12, 12, 6	芭蕉、野水、荷兮、重五、杜国、羽笠
霜月の巻	6, 12, 12, 6	芭蕉、野水、荷兮、重五、杜国、羽笠

以下、『冬の日』「狂句こがらしの巻」の英語訳を日英対訳で示す。

「狂句こがらしの巻」

The volume "Kyouku-kogarashi."

1-1-1　狂句こがらしの身は竹斎に似たる哉　芭蕉

Kyouku kogarashi-no, mi-wa chikusai-ni, nitaru-kana. By Basho

A wintry blast is wailing outside.
My wandering body
looks exactly the same with Chikusai. (Note 5)

1-1-2　たそやとばしるかさの山茶花　野水

Tasoya tobashiru, kasa-no sazanka. By Yasui

Who is he?
He wears camellia scattered on his woven hat.

1-1-3　有明の主水に酒屋つくらせて　荷兮

Ariake-no, mondo-ni sakaya, tsukurasete. By Kakei

He is a sake brewer.
He makes Mond in Ariake
to build his magnificent house. (Note 6)

1-1-4　かしらの露をふるふあかむま　重五

Kashira-no tsuyu-wo, furuu akauma. By Jugo

A horse with red hair
shakes off the dewdrops on his mane.

1-1-5　朝鮮のほそりすゝきのにほひなき　杜国

Chousen-no, hosori susuki-no, nioi naki. By Tokoku

In Korea
thin silver grass
has no color or luster.

1–1–6　日のちりちりに野に米を苅　正平

Hi-no chirichiri-ni, no-ni kome-wo karu. By Shohei

The evening lights were flashing.
Peasants are harvesting rice in the field.

1–2–1　わがいほは鷺にやどかすあたりにて　野水

Waga io-wa, sagi-ni yado kasu, atari-nite. By Yasui

My thatched hut
is located in a deserted place
where the white heron sleeps overnight.

1–2–2　髪はやすまをしのぶ身のほど　芭蕉

Kami hayasu ma-wo, shinobu mi-no hodo. By Basho

I stay here
while my hair is growing longer.

1–2–3　いつはりのつらしと乳をしぼりすて　重五

Itsuwari-no, tsurashito chichi-wo, shiborisute. By Jugo

She has a grudge against the man with the cold heart
while she takes milk from herself
and throws it away.

1–2–4　きえぬそとばにすごすごとなく　荷兮

Kienu sotoba-ni, sugosugoto naku. By Kakei

In front of the remaining stupa

she weeps copious tears.

1–2–5　影法のあかつきさむく火を焼て　芭蕉

Kagebou-no, akatsuki samuku, hi-wo takite. By Basho

My shadow is cold

toward daybreak

when I make a small wood fire.

1–2–6　あるじはひんにたえし虚家　杜国

Aruji-wa hin-ni, taeshi karaie. By Tokoku

The head of the family was poor.

His deserted house stil stands.

1–2–7　田中なるこまんが柳落るころ　荷兮

Tanaka naru, koman-ga yanagi, otsuru koro. By Kakei

The leaves of the willow are falling.

It is famous in connection

with Tanaka Koman. (Note 7)

1–2–8　霧にふね引人はちんばか　野水

Kiri-ni fune hiku, hito-wa chinba-ka. By Yasui

He is pulling the boat in the mist.

He is a lame person.

1-2-9　たそがれを横にながむる月ほそし　杜国

Tasogare-wo, yoko-ni nagamuru, tsuki hososhi. By Tokoku

In the evening twilight,
he looked at the crescent moon
obliquely.

1-2-10　となりさかしき町に下り居る　重五

Tonari sakashiki, machi-ni ori iru. By Jugo

When I come home to the town
my neighbors are troublesome and annoying.

1-2-11　二の尼に近衛の花のさかりきく　野水

Ni-no ama-ni, konoe-no hana-no, sakari kiku. By Yasui

The second nun visited me.
She told me that cherry blossoms
were at their best in the Imperial Palace.

1-2-12　蝶はむぐらにとばかり鼻かむ　芭蕉

Cho-wa mugura-nito, bakari hana kamu. By Basho

A butterfly is fluttering among the weeds.
She was speaking while crying.

1-3-1　のり物に簾透顔おぼろなる　重五

Norimono-ni, sudare sukukao, oboronaru. By Jugo

He is leaving by palanqion.
Through the reed screen

his face is faintly lit by the dim light of the moon.

1–3–2　いまぞ恨の矢をはなつ声　荷兮

Imazo urami-no, ya-wo hanatsu koe. By Kakei

Now is the time to shoot an arrow

at the person to hate with a shout.

1–3–3　ぬす人の記念の松の吹おれて　芭蕉

Nusubito-no, katami-no matsu-no, fukiorete. By Basho

In the nest of thieves,

an old pine tree is left.

The wind mercilessly breaks it.

1–3–4　しばし宗祇の名を付けし水　杜国

Shibashi sougi-no, na-wo tsukeshi mizu. By Tokoku

A famous old spring in connection with Sougi.

Maybe nobody knows it now. (Note 8)

1–3–5　笠ぬぎて無理にもぬるゝ北時雨　荷兮

Kasa nugite, muri-nimo nururu, kitashigure. By Kakei

It started to rain intermittently.

To show him respect, I walked

with my hat off while I was getting wet.

1–3–6　冬がれわけてひとり唐苣　野水

Fuyugare wakete, hitori touchisa. By Yasui

In a desolate wintry scene,
only Chinese lettuce was lush with green leaves.

1-3-7　しらじらと砕けしは人の骨か何　杜国
Shirajirato, kudakeshiwa hito-no, honeka nani. By Tokoku
Broken white pieces are scattered there.
They may be human bones or something like that.

1-3-8　烏賊はゑびすの国のうらかた　重五
Ika-wa ebisu-no, kuni-no urakata. By Jugo
Cuttle bones are used for fortune telling
in the barbarous country.

1-3-9　あはれさの謎にもとけじ郭公　野水
Awaresa-no, nazo-nimo tokeji, hototogisu. By Yasui
Even if she drops a hint of homesickness
using a little cuckoo,
nobody can unravel the mystery there. (Note 9)

1-3-10　秋水一斗もりつくす夜ぞ　芭蕉
Akimizu itto, moritsukusu yozo. By Basho
All night long, I could not sleep at all.
My water clock has used all eighteen liters of water in autumn.

1-3-11　日東の李白が坊に月を見て　重五

Jitto-no, rihaku-ga bou-ni, tsuki-wo mite. By Jugo

The Japanese counterpart of Li Po invited guests to his hut.
He gave a banquet
while looking at the moon. (Note 10)

1–3–12　巾に木槿をはさむ琵琶打　荷兮

Kin-ni mukuge-wo, hasamu biwauchi. By Kakei

A monk plays a lute. He wears a hood.
It is decorated with the rose of Sharon.

1–4–1　うしの跡とぶらふ草の夕ぐれに　芭蕉

Ushi-no ato, toburau kusa-no, yuugure-ni. By Basho

Somebody mourns for
the deceased cows
with the grass in the evening.

1–4–2　箕に鮗の魚をいたゞき　杜国

Mi-ni konoshiro-no, uo-wo itadaki. By Tokoku

She carries a basket for winnowing rice on her head.
A type of fish called a gizzard shad is in it.

1–4–3　わがいのりあけがたの星孕むべく　荷兮

Waga inori, akegata-no hoshi, haramubeku. By Kakei

My dharmic power makes you have a dream
that the morning star enters your belly
and you get pregnant.

1-4-4　けふはいもとのまゆかきにゆき　野水

Kyo-wa imoto-no, mayu kakini yuki. By Yasui

Day in and day out, her elder sister
helps her draw eyebrows.

1-4-5　綾ひとへ居湯に志賀の花漉して　杜国

Aya hitoe, oriyu-ni shiga-no, hana koshite. By Tokoku

In the bathtub, wild cherry blossoms are scattered.
A servant scoops up the petals
with a piece of twilled-silk cloth.

1-4-6　廊下は藤のかげつたふ也　重五

Rouka-wa fuji-no, kage tsutau-nari. By Jugo

In the corridor,
the wisteria flowers cast a shadow.

「狂句こがらしの巻」に関する英訳は、以上のとおりである。
次章からは、『冬の日』の解説を述べる。

3　『冬の日』の解説

3-1　翻訳の特徴

まず、この第1節では、筆者による翻訳の特徴を明確化しておく。

この翻訳では、解釈まで踏み込んで訳した。また、脚注の要素も織り込んだ。

具体例を挙げる(11)。「狂句こがらしの巻」後半部分である。英訳からの日本語訳（反訳）も示しておく。

1-4-3　わがいのりあけがたの星孕むべく　荷兮
Waga inori, akegata-no hoshi, haramubeku. By Kakei
My dharmic power makes you have a dream
that the morning star enters your belly
and you get pregnant.
(反訳) 私の法力があなたに夢を見させる / あけがたの星が胎内に入る夢である / そして妊娠する

前句のつながりから、箕に鮗を入れて神前に捧げる女に向かって、祈禱師が言う言葉と解釈する。祈禱師はさかんに祈禱を上げている。
「わがいのり」は、「私の法力」と訳した。法力によって、以下のことが実現する。
「あけがたの星」は、明けの明星、すなわち金星である。昔の高僧や英雄は、母が胎内に太陽や星が入る夢を見て誕生したという伝説による着想である。
「孕むべく」は、金星が胎内に入る夢を見て、そののち妊娠するという意味である。
この句は、女性の迷信と、それにつけこむ祈禱師の自信満々な姿を鮮やかに描きだしている。迷信にすがる女性の願いは、切実なものであったかもしれない。しかし全体的には、前句とは対照的に、ユーモラスな場面を展開している。

ルネ・シフェールによる「仏訳」では、以下のとおりである(12)。仏訳からの日本語訳（反訳）も付加する。

Etoile de l'aube
veuille exaucer ma prière
que j'aie un enfant.

（反訳）あけがたの星よ / わが祈りを実現させてください / 子どもを持つという

仏訳では、妊娠を希望する女性が、暁の星にむかって祈る場面としている。修験者が得意満面に熱を吹く滑稽とは、まったく異なった解釈である。

3-2　残差分析

次に、この第２節では、残差分析を用いた統計データ分析による結果を示す。
『冬の日』の特徴を明確化するために、筆者は俳諧七部集の中で芭蕉連句が含まれる６部を、刊行された年代順に、「前期・中期・後期」と３分割した。

前期：『冬の日』『曠野』
中期：『ひさご』『猿蓑』
後期：『炭俵』『続猿蓑』

この節では、『冬の日』が含まれる前期と、『炭俵』の含まれる後期の比較検討を行った。

（1）古典の援用・ユーモア・オノマトペと俗語の四点に関する前期と後期の比較を行った。母集団は、6巻216句である。

表4　古典の援用・ユーモア・オノマトペと俗語の四点に関して前期と後期の比較を示す表

	古典の援用	ユーモア	オノマトペ	俗語
前期	31▲	5▽	3	1▽
後期	3▽	7▲	5	5▲

▲有意に多い（p<0.05）▽有意に少ない（p<0.05）

表4から、次の二点が明らかになった。

前期で多く、後期は少ないもの：古典の援用
前期で少なく、後期は多いもの：ユーモア・俗語

前期と後期の比較によって、このような結果が得られた。

修士論文における巻ごとの比較によって、次の点が分かっていた。

『冬の日』は古典の援用が多い。
『炭俵』ではユーモアが多い。

これらを反映した結果となっている。

（2）連句に特有な「付合句法」に関する前期と後期の比較を

検討した。母集団は、６巻210句である（各巻から冒頭の発句を除く）。

表５　連句に特有な「付合句法」に関して前期と後期の比較を示す表

	匂い	面影	対	心	詞	扉	逆	拍子	違	見立	向	起情
前期	2	8▲	6	3▽	4	1	3	1	2	1	0▽	0
後期	3	1▽	3	8▲	0	0	5	0	0	0	3▲	1

▲有意に多い（p<0.05）▽有意に少ない（p<0.05）

表５から、次の二点が明らかになった。

前期で多く、後期は少ないもの：面影付け
前期で少なく、後期は多いもの：心付け・向付け

前期と後期の比較によって、このような結果が得られた。

修士論文における巻ごとの比較によって、次の点が分かっていた。

『冬の日』は面影付けが多い。
『炭俵』では心付けが散在してみられる。

これらを反映した結果となっている。

（３）話題に関する前期と後期の比較を示す。母集団は、６巻216句である。

表６　話題に関して前期と後期の比較を示す表

	風景	日常生活	農業	商業	風俗習慣	天気	災害	経済	政治	軍事	恋愛
前期	82▲	57▽	1	7	15	8▽	2	0	13▲	7	24▲
後期	53▽	94▲	6	12	8	19▲	7	3	4▽	2	8▽

▲有意に多い（p<0.05）▽有意に少ない（p<0.05）

表６から、次の二点が明らかになった。

前期で多く、後期は少ないもの：風景・政治・恋愛
前期で少なく、後期は多いもの：日常生活・天気

前期と後期の比較によって、このような結果が得られた。

修士論文における巻ごとの比較によって、次の点が分かっていた。

『冬の日』は風景が多い。
『炭俵』では日常生活が全般に多い。

これらを反映した結果となっている。

3-3　数量化２類

さらに、この第３節では、数量化２類を用いた統計データ分析による最新の結果を記述する。

前節では一括りにした『冬の日』と『曠野』の違いを明確化したい。

そこで、俳諧七部集のうち『冬の日』と、『曠野』『ひさご』は似ているか？　という問題に関して、数量化２類により予測を行った（ここでは、『ひさご』も含めた）。

すなわち、『冬の日』５巻は似ている。
『猿蓑』３巻と『炭俵』３巻は異なるとする。
『続猿蓑』３巻は、俳諧七部集に似つかわしくないとも言われるため、除外する。

そして『曠野』１巻『ひさご』１巻は「わからない」として、「予測」を行う。

（１）表７が基本となる。

（２）まず、数量化２類に適用するデータは、次式の条件を満たしていなければならない。

個体数＞説明変数カテゴリー総数－説明変数個数＋１

表７のデータは、

関係式を作成するために数量化２類を適用する個体（巻）は、『冬の日』１～５、『猿蓑』１～３、『炭俵』１～３である。
個体数（巻数）は、合計11人（11巻）である。

説明変数カテゴリー総数＝３（古典の援用）＋２（ユーモア）＋２（オノマトペ）＋２（俗語）＋３（風景の話題）＋３（日常生活の話題）＝15

表７　古典の援用・ユーモア・オノマトペと俗語の四点、風景・日常生活の話題に関する数量化２類のためのカテゴリーデータを示す表

		似ているか	古典の援用	ユーモア	オノマトペ	俗語	風景	日常生活
『冬の日』1		1	3	2	2	2	3	1
『冬の日』2		1	2	1	2	1	3	2
『冬の日』3		1	2	1	1	1	3	1
『冬の日』4		1	3	2	1	1	2	2
『冬の日』5		1	3	1	1	1	3	1
『曠野』1		3	3	1	1	1	1	3
『ひさご』1		3	2	2	1	2	2	3
『猿蓑』1		2	3	2	2	1	2	3
『猿蓑』2		2	2	2	2	2	1	3
『猿蓑』3		2	2	1	2	1	2	2
『炭俵』1		2	1	2	2	2	1	3
『炭俵』2		2	1	2	1	2	2	2
『炭俵』3		2	1	2	1	1	1	2
回答	1	似ている	頻度0~2	頻度0~1	頻度0	頻度0	頻度1~7	頻度1~8
	2	異なる	頻度3~4	頻度2~3	頻度1~2	頻度1~3	頻度8~14	頻度9~15
	3	わからない	頻度5~7				頻度15~22	頻度16~22
		目的変数	説明変数	説明変数	説明変数	説明変数	説明変数	説明変数

説明変数個数＝６より

説明変数カテゴリー総数－説明変数個数＋１＝15－６＋１＝10

11＞10より、「このデータは数量化２類が適用できる」。

（３）基本解析により、

古典の援用が多いほど、ユーモアが少ないほど、オノマトペ

が少ないほど、俗語が少ないほど、風景の話題が多いほど、日常生活の話題が少ないほど、『冬の日』５巻に似ている。
『冬の日』５巻に似ている度合いの寄与度は、風景の話題が最も高い。

（４）以下、数量化２類の本論を論述する。
（４－１）数量化２類の結果
「入力データ」（表８）

表８　入力データ（数量化２類）

	似ているか	古典の援用	ユーモア	オノマトペ	俗語	風景	日常生活
『冬の日』1	1	3	2	2	2	3	1
『冬の日』2	1	2	1	2	1	3	2
『冬の日』3	1	2	1	1	1	3	1
『冬の日』4	1	3	2	1	1	2	2
『冬の日』5	1	3	1	1	1	3	1
『猿蓑』1	2	3	2	2	1	2	3
『猿蓑』2	2	2	2	2	2	1	3
『猿蓑』3	2	2	1	2	1	2	2
『炭俵』1	2	1	2	2	2	1	3
『炭俵』2	2	1	2	1	2	2	2
『炭俵』3	2	1	2	1	1	1	2

この11巻入力データを、統計ソフトにインプットする。
この入力データに関して、モデルを作り、数量化２類の分析を行った。結果を以下に示す。
相関比＝0.91なので、外的基準は比較的よく判別されている。

ここからは、数量化２類の結果に関して詳しくみていく。

（４－２）カテゴリースコアは関係式の係数である

今回の数量化２類を用いた分析に関する関係式を導きだす。

すなわち、「各カテゴリーの回答者が『冬の日』５巻に似ているか異なるか」どちらに近いかを、関係式を用いて数量で表現する。

ただし、関係式の係数は、以下のカテゴリースコアである(表９)。

表９　関係式の係数つまりカテゴリースコア（数量）の一覧表

項目名（アイテム）	カテゴリー名	係数	カテゴリースコア（数量）
古典の援用	頻度０～２	a_{11}	0.730601
	頻度３～４	a_{12}	−0.27398
	頻度５～７	a_{13}	−0.27398
ユーモア	頻度０～１	a_{21}	0.479457
	頻度２～３	a_{22}	−0.27398
オノマトペ	頻度０	a_{31}	−0.41096
	頻度１～２	a_{32}	0.342469
俗語	頻度０	a_{41}	5.37E-15
	頻度１～３	a_{42}	−9.4E-15
風景	頻度１～７	a_{51}	1.141564
	頻度８～14	a_{52}	0.639276
	頻度15～22	a_{53}	−1.36988
日常生活	頻度１～８	a_{61}	0.479457
	頻度９～15	a_{62}	−0.27398
	頻度16～22	a_{63}	−0.02283

以上で、今回の数量化２類を用いた分析に関する関係式を導きだすことができた。

これによって、「各カテゴリーの回答者が『冬の日』５巻に似ているか異なるか」のどちらに近いかを、数値で予測することができる。

（４－３）サンプルスコア

ここでは、関係式に代入してＹを求めることを行う。表７から、全ての巻についてサンプルスコアを求める（表10）。

表10　全ての巻についてのサンプルスコア

No.	巻	サンプルスコア	推定群	実績群
1	『冬の日』１	−1.10	1	1
2	『冬の日』２	−1.10	1	1
3	『冬の日』３	−1.10	1	1
4	『冬の日』４	−0.59	1	1
5	『冬の日』５	−1.10	1	1
6	『猿蓑』１	0.41	2	2
7	『猿蓑』２	0.91	2	2
8	『猿蓑』３	0.91	2	2
9	『炭俵』１	1.42	2	2
10	『炭俵』２	0.41	2	2
11	『炭俵』３	0.91	2	2

似ている層を１、異なる層を２とした

以上、全ての巻についてサンプルスコアを求めた。

（4－4）分析精度

分析精度を調べる方法を、二つ示す。

一つは、実績値（似ているか異なるか）とサンプルスコアとの相関比である。

相関比＝0.95

非常に強い関連がある。

もう一つは、判別クロス表を用いる方法である。

判別的中率（75％以上）：（6＋5）÷11＝100％

判別的中率と相関比の両方とも、基準の値を上回っている。

これらは、関係式（一次式）がどの程度データの散布図を近似しているかの指標である。

関係式を適用する場合、予測の精度は優れていることが分かった。

（4－5）『曠野』『ひさご』に関するサンプルスコアを算出する

表7より、『曠野』『ひさご』に関するサンプルスコアを算出したい。

結果をまとめる（表11）。

表11　『曠野』『ひさご』についての サンプルスコア

巻	サンプルスコア	推定群
『曠野』 1	0.91	2　異なる
『ひさご』 1	−0.34	1　似ている？

似ている層を１、異なる層を２

（４－６）予測

ここでは、『曠野』『ひさご』について、三つの方法で「予測」を行う。

（方法１）簡便法

表11の結果から、『曠野』１についてのサンプルスコアは0.91である。プラスなので「異なる」と判定する。

また『ひさご』１についてのサンプルスコアは−0.34である。マイナスなので「似ている」と判定する。

（方法２）「判別的中点」法

サンプルスコアの度数分布表を作成する。

そして「似ている」「異なる」の累積％グラフの交点の横軸の値を、判別的中点という。

判別的中点は求められない（またはサンプルスコア０である）。

サンプルスコア０が判別的中点とすると、方法１の簡便法と同様な結果である。

『曠野』１についてのサンプルスコアは0.91である。プラスなので「異なる」と判定する。

また『ひさご』１についてのサンプルスコアは−0.34である。マイナスなので「似ている」と判定する。

（方法３）「確率」法

判別的中点の表における横％を、当該階級幅に属するサンプルスコアの確率と判断する。

階級値と確率の散布図に、１次関数を単回帰分析によって当てはめる。

１次関数のＸに予測する２人（巻）のサンプルスコアを代入して、確率を予測する。

予測値がマイナスの場合は０％、100％を超えた場合は100％とする（図１）。

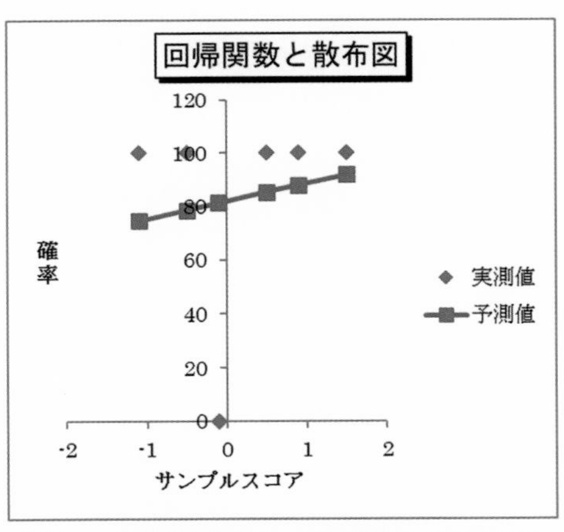

図１　単回帰分析による予測（確率法）

1次関数：$y = 6.60793x + 82.01175$

『曠野』1についての予測：

$$y = 6.60793 \times (0.913244) + 82.01175 = 88\%$$

『ひさご』1についての予測：

$$y = 6.60793 \times (-0.342481) + 82.01175 = 80\%$$

『曠野』1は『冬の日』と異なる。予測確率は、88%である。『ひさご』1は『冬の日』と似ている。予測確率は80%だった。

以上の結果をまとめると、表12のとおりになる。

表12 『曠野』『ひさご』の「予測」

巻	サンプルスコア	方法1	方法2	方法3
『曠野』1	0.91	異なる	異なる	確率88%で異なる
『ひさご』1	−0.34	似ている	似ている	確率80%で似ている

3-4　数量化3類

最後に、数量化3類を用いた統計データ分析による結果を挙げておく。すなわち、数量化3類により、『曠野』『ひさご』の俳諧七部集における位置付けを図式化した。前節の予測を、ここで実証する。

「古典の援用・ユーモア・オノマトペの三点と風景・日常生活の話題」に関して、数量化３類分析を行う。

表７が基本となる。

入力データは、表13のとおりである。

表13　入力データ（数量化３類、古典の援用・ユーモア・オノマトペと風景・日常生活の話題）

	古典の援用	ユーモア	オノマトペ	風景	日常生活
1	3	2	2	3	1
2	2	1	2	3	2
3	2	1	1	3	1
4	3	2	1	2	2
5	3	1	1	3	1
6	3	1	1	1	3
7	2	2	1	2	3
8	3	2	2	2	3
9	2	2	2	1	3
10	2	1	2	2	2
11	1	2	2	1	3
12	1	2	1	2	2
13	1	2	1	1	2

数量化３類分析の結果、次のようになった。

第１軸は、古典の援用で少なく、日常生活の話題で多い。

第２軸は、ユーモアや風景の話題で多い。

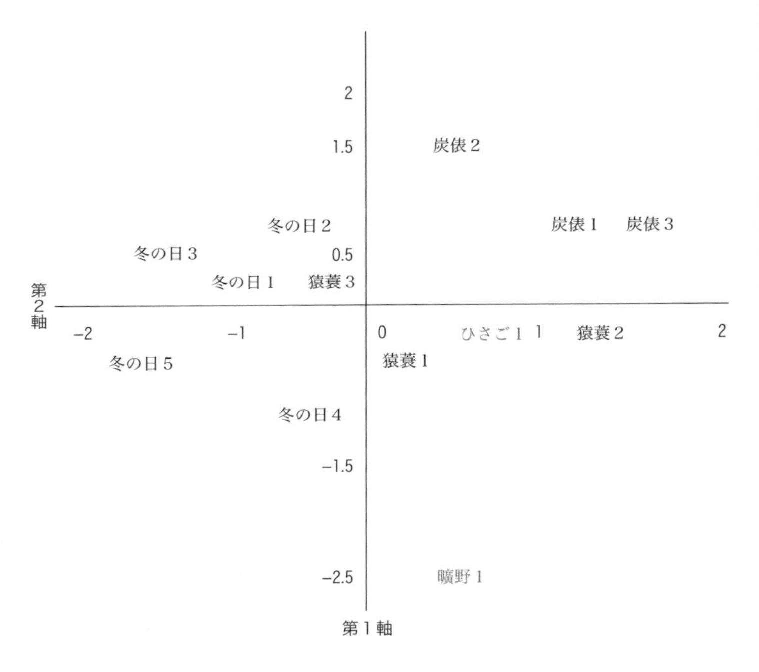

図２　数量化３類　サンプル数量散布図の詳細

図２より、『曠野』は、他のクラスターとは離れたところにプロットされた。
『ひさご』は、『冬の日』のクラスター近くにプロットされた。

以上の結果から、『曠野』１は『冬の日』と異なること、『ひさご』１は『冬の日』と似ていることが実証された。

以上、数量化３類により、『曠野』『ひさご』の俳諧七部集における位置付けを図式化した。前節の予測を、ここで実証した。

3-5 『冬の日』のまとめ

最後に、今までの筆者による研究をまとめておく。
以下のように、『冬の日』の特徴をまとめることができる。

(A) 『冬の日』は、古典の援用・面影付け・風景の話題が多い。重厚な文体が目につく。貞門俳諧の影響も受けつつ、芭蕉一門の独自性という萌芽が見られる作品と考えられる。
(B) それに対して『炭俵』は、古典の援用が少なく、面影付けがない。日常生活の話題が多い。ユーモアが、有意に多い。あっさりとした文体が目立つ。美的センスが光彩を放っている。内容・形式両面において日常性に重点を置いた「軽み」を追求した作品と言えるだろう。

なお筆者は、400字詰め原稿用紙に換算して、50枚以内に論文をまとめるようにしている。そのため、この論文では、字数の関係で、『冬の日』「狂句こがらしの巻」に収録されている連句のみ、英訳を掲載した。他の巻に含まれている連句に関しては、また別の機会に英訳を公表したいと考えている。

今後は、俳諧七部集『猿蓑』について、「英訳と解説」をまとめたい。

〈注〉(Notes)

注５〜注10は、日本の「風俗習慣」・「古典の援用」に関して英語で解説した。

⑴　伊藤和光「芭蕉連句の英語訳と解説⑴ — 俳諧七部集『炭俵』について —」（伊藤和光『芭蕉連句の英訳と統計学的研究』に収録）

⑵　統計データ分析は、先行研究と同じく、「フリーソフト js-STAR」・「アドインソフト Mulcel」を使用した。研究は、パソコンで行った。

⑶　以下の文献を参照。

（仏訳）René Sieffert (tr.), Jours d'hiver (Publications orientalists de France 1987)

（英訳）Earl Miner and Hiroko Odagiri (tr.), The monkey's straw rain coat: and other poetry of the Basho school (Princeton library of Asian translations) (Princeton University Press 1981)

ルネ・シフェール（1923−2004）は、フランスにおける日本研究の大家であり、翻訳家である。

アール・マイナー（1926−2004）は、1972年からプリンストン大学教授。英国詩を専門とするが、小西甚一やロバート・ブラウアーと共同で和歌の研究を行った。

小田桐弘子（1934−）は、福岡女学院大学名誉教授。1975年プリンストン大学研究員の時に、マイナーと共同で『猿蓑』などの英訳を行った。

なお、ルネ・シフェールの仏訳は、直訳・逐語訳の部分が多い。また、マイナーと小田桐による英訳は、解釈に踏み込んだ内容である。

(4) 伊藤正雄『俳諧七部集　芭蕉連句全解』（河出書房新社、1976年）61頁

（Note 5）Chikusai is the main character in *The story of Chikusai*（竹斎物語）, a novel that was popular at the beginning of the Edo period. Chikusai is reputed to be a quack, and because he is unable to make a living in Kyoto any longer, he goes down to Edo city on the Tokaido with a servant, "Nirami-no suke", who is extremely eccentric but is an excellent person that composes comic *tanka* poetry. When he arrives in Nagoya, his paper dress gets wrinkled, and his bamboo hat gets broken. In the couplet, Basho expresses the thought that Chikusai closely resembles this character.（同書　64－65頁参照）

（Note 6）Mondo in Ariake is a fictional character. Mondo reminds us of Nakai Mondo, who was an excellent architect in Kyoto at the time. Ariake may be related to a famous sake brewer who operated in Kyoto then.

（Note 7）Tanaka Koman is a fictional character. Koman reminds us of "Sekino Koman"（関の小まん）, rural prostitute referenced in a Japanese folk song. Tanaka means "in the middle of a rice farm" in Japanese; that is, "in the countryside."

（Note 8）The couplet 1-3-3 concerns Kumasaka Naganori（熊坂長範）in Mino. He was a famous thief in the Heian period. In contrast, the couplet 1-3-4 is about Sougi（宗祇）, a famous *renga* poet in the Muromachi period. He visited Touno Tsuneyori（東常縁）, a famous poet among the samurai families, and on his way home, Tsuneyori parted from him here. The spring is called "Sougi's spring" for this reason. In the couplet 1-3-5, a traveler is showing his respect.（伊藤正雄　前掲書　82－83頁参照）

(Note 9) The couplet 1-3-9 is based on the story (西京雑記) of a beauty named Wang Zhao-jun (王昭君). It describes negotiations between the king of the Huns (匈奴の王) and Emperor Yuan of Han (漢の元帝). The king tried to make the emperor give him a beautiful woman to be his wife. The emperor wanted to send the ugliest woman in the inner palace, so he made a painter draw the ugly women. Women were afraid to be chosen to participate in this, so they bribed the painter to draw them as more beautiful. Wang Zhao-jun (王昭君) was the only woman who did not bribe the painter because she was congident in her beauty. However, she was painted as the ugliest woman and sent to the king as a wife in 33 B. C.

The "little cuckoo" has a deep relationship with homesickness. The king of Shu (蜀) defected from his country and died in a strange land. Thereafter, his homesick soul was transformed into a cuckoo that flew back home. Hence, the cuckoo is thought to be the bird of homesickness. (同書　86頁など参照)

(Note 10) Li Po (李白 cf. 11) was a great poet in Tang (唐). He was also a heavy drinker. In one of Du Fu's (杜甫) poems, he composes one hundred poems before drinking 18 liters of liquor. (同書　88頁など参照)

(11) 同書　92頁

(12) René Sieffert (tr.), ibid., p. 23

第三部

俳諧七部集『猿蓑』の英語訳と解説

English translation of *The Monkey's Straw Raincoat*

芭蕉連句の英語訳と解説 (3)

― 俳諧七部集『猿蓑』について ―

要旨：

筆者は文理融合的な研究を目指している。

先行研究では、俳諧七部集『炭俵』『冬の日』における芭蕉連句の英訳を行った。

この論文の前半では、俳諧七部集『猿蓑』「鳶の羽の巻」を英訳した。

『猿蓑』の仏訳・英訳・独訳は刊行されている。すなわち、全般的にルネ・シフェールによる仏訳は直訳・逐語訳である。マイナーと小田桐の英訳は、解釈に踏み込んだ内容となっている。前句とのつながりが分かるように、前句の内容を反復している。Mayhew の英訳は部分訳である。Dombrady による独訳は、解釈に踏み込んだ内容となっていて、短詩形のドイツ語にする工夫が見られる。

論文の後半部分では、筆者による翻訳の特徴を述べた。すなわちフランス語訳、二つの英訳、ドイツ語訳との違いを明確化した。

最後に『猿蓑』の特徴をまとめた。

(A) 『冬の日』は、古典の援用・面影付け・風景の話題が多い。重厚な文体が目につく。貞門俳諧の影響も受けつつ、芭蕉一門の独自性という萌芽が見られる作品と考えられる。

(B) それに対して『炭俵』は、古典の援用が少なく、面影付けがない。日常生活の話題が多い。ユーモアが、有意に多い。あっさりとした文体が目立つ。美的センスが光彩を放っている。内容・形式両面において日常性に重点を置いた「軽み」を追求した作品と言えるだろう。

(C) 『猿蓑』においては、古典の援用・面影付けが、見られる。日本の古典が、圧倒的に多い。ユーモアが比較的に多い。文体は、バランス感覚を感じさせる。均衡美に優れている。俳諧七部集においては中期の作品である『猿蓑』は、初期に詠まれた『冬の日』と晩年に刊行された『炭俵』の中間にあって、中庸・バランス感覚に優れた作品と言える。

『猿蓑』と『冬の日』『炭俵』との共通点・相違点を整理した。作品論をまとめると、以上のようになる。

今後は、『日本文学を通した文化研究の試み』について、本をまとめたいと考えている。

1　はじめに

俳諧七部集とは、江戸時代初期、主に芭蕉一門の発句や連句を集めた撰集、7部12冊の名称である（表1参照）。芭蕉の没後に佐久間柳居が編集し、1732年（享保17年）頃に成立した。

表1　俳諧七部集の刊行年一覧

	書名	刊行年	
1	『冬の日』	貞享元年	1684年
2	『春の日』(芭蕉連句なし)	貞享3年	1686年
3	『曠野』	元禄2年	1689年
4	『ひさご』	元禄3年	1690年
5	『猿蓑』	元禄4年	1691年
6	『炭俵』	元禄7年	1694年
7	『続猿蓑』(追悼集)	元禄11年	1698年

筆者は、文理融合的な研究を目指している。

先行研究では、俳諧七部集『炭俵』『冬の日』における芭蕉連句の英訳を行った(1)。

この論文では、前半で俳諧七部集『猿蓑』「鳶の羽の巻」の芭蕉連句を英訳した。

なお、表2に示したように、『猿蓑』の仏訳・英訳・独訳は刊行されている(2)。全般的に、ルネ・シフェールによる仏訳は直訳・逐語訳である。マイナーと小田桐の英訳は、解釈に踏み込んだ内容となっている。前句とのつながりが分かるように、前句の内容を反復している。Mayhew の英訳は、部分訳である。Dombrady による独訳は、解釈に踏み込んだ内容となっていて、短詩形のドイツ語にする工夫が見られる。

後半の解説では、芭蕉連句に関する最新の成果を要約した。すなわち、仏訳・英訳・独訳との相違点を明らかにした。

最後に、『猿蓑』に関する筆者の研究をまとめたいと思う。

表２　俳諧七部集における芭蕉連句の翻訳一覧

翻訳	訳者	刊行年	『冬の日』	『曠野』	『ひさご』	『猿蓑』	『炭俵』	『続猿蓑』
仏訳	ルネ・シフェール	1986〜94	○	○	○	○	○	○
英訳	マイナー＆小田桐	1981	△		○	○		
英訳	Mayhew	1985				△		
独訳	Dombrady	1994				○		

（○は全体、△は一部のみ）

２　『猿蓑』の英語訳
English translation of *The Monkey's Straw Raincoat*

俳諧七部集『猿蓑』において芭蕉が連句を詠んでいる三歌仙の構成は、表３のとおりである。

表３　俳諧七部集『猿蓑』における芭蕉連句の構成と俳諧師一覧

巻	句の構成	俳諧師
鳶の羽の巻	6, 12, 12, 6	芭蕉、去来、凡兆、史邦
市中の巻	6, 12, 12, 6	芭蕉、去来、凡兆
灰汁桶の巻	6, 12, 12, 6	芭蕉、去来、凡兆、野水

以下、『猿蓑』巻頭歌仙「鳶の羽の巻」の英語訳を日英対訳で示す。

「鳶の羽の巻」

The volume “Tobi-no ha.”

4-1-1　鳶の羽も刷ぬはつしぐれ　去来

Tobi-no ha-mo, kaitsukuroinu, hatsushigure. By Kyorai

First rain of winter.

A kite is preening its feathers and freezing too.

It is different than usual. (Note 3)

4-1-2　一ふき風の木の葉しづまる　芭蕉

Hitofuki kaze-no, konoha shizumaru. By Basho

After a puff of wind,

a silence follows scattered tree leaves.

4-1-3　股引の朝からぬるゝ川こえて　凡兆

Momohiki-no, asa-kara nururu, kawa koete. By Boncho

With his long underpants wet

he crosses a swollen river

so early in the morning.

4-1-4　たぬきをゝどす篠張の弓　史邦

Tanuki-wo odosu, shinobari-no yumi. By Fumikuni

To scare off raccoon dogs

he sets an bow-shaped bamboo device.

4-1-5　まいら戸に蔦這いかゝる宵の月　芭蕉

Mairato-ni, tsuta haikakaru, yoi-no tsuki. By Basho

The elaborate door

is covered with ivy.

See the early evening moon.

4–1–6　人にもくれず名物の梨　去来

Hito-nimo kurezu, meibutsu-no nashi. By Kyorai

His pear tree in the garden is known to the public.

But he does not distribute pears to his neighbors. (Note 4)

4–2–1　かきなぐる墨絵おかしく秋暮て　史邦

Kakinaguru, sumie okashiku, aki kurete. By Fumikuni

He enjoys painting

in black and white freely.

He spent autumn that way.

4–2–2　はきごゝろよきめりやすの足袋　凡兆

Hakigokoro yoki, meriyasu-no tabi. By Boncho

He is fond of knitted socks.

They are more comfortable to wear. (Note 5)

4–2–3　何事も無言の内はしづかなり　去来

Nanigoto-mo, mugon-no uchi-wa, shizukanari. By Kyorai

As far as we

live in silence

we are in peace and quiet.

4–2–4　里見え初て午の貝ふく　芭蕉

Sato miesomete, uma-no kai fuku. By Basho

After his silent practice, a village came into sight.

Someone blew a trumpet shell signaling that it

was midday.

4–2–5　ほつれたる去年のねござのしたゝるく　凡兆

Hotsuretaru, kozo-no negoza-no, shitataruku. By Boncho

Farmers take a break at noon.

His rush sleeping mat has loose threads.

It is sweat-stained because it has been using it

since last year.

4–2–6　芙蓉のはなのはらはらとちる　史邦

Fuyou-no hana-no, harahara-to chiru. By Fumikuni

When I saw a lotus pond in front of the house,

lotus flowers were scattered one after another.

4–2–7　吸物は先出来されしすいぜんじ　芭蕉

Suimono-wa, mazu dekasareshi, suizenji. By Basho

A guest at the temple with the pond says,

"Good! Clear soup with Suizenji seaweed

is fine to begin with." (Note 6)

4–2–8　三里あまりの道かゝえける　去来

Sanri Amari-no, michi kakaekeru. By Kyorai

I will go home. I must walk for about

twelve kilometers to my house.

I cannot stay for a long time.

4-2-9　この春も盧同が男居なりにて　史邦

Kono haru-mo, rodou-ga otoko, inarinite. By Fumikuni

This male servant of Rodou's
runs errands even if they are long distance.
He is faithful and won't change his master this spring either. (Note 7)

4-2-10　さし木つきたる月の朧夜　凡兆

Sashiki tsukitaru, tsuki-no oboroyo. By Boncho

The cutting he planted has taken root
and it came into bud
in this period of the hazy moonlit night.

4-2-11　苔ながら花に並ぶる手水鉢　芭蕉

Kokenagara, hana-ni naraburu, chouzubachi. By Basho

A washbasin covered in moss.
It is fun moving it to a spot
under a flowering tree.

4-2-12　ひとり直し今朝の腹だち　去来

Hitori naorishi, kesa-no haradachi. By Kyorai

I got angry this morning.
But I felt better spontaneously after I took care of my garden.

4-3-1　いちどきに二日の物も喰て置　凡兆

Ichidoki-ni, futsuka-no mono-mo, kuuteoki. By Boncho

When he was in a good mood,
he stuffed himself with food
eating for two days at once.

4–3–2　雪げにさむき嶋の北風　史邦

Yukige-ni samuki, shima-no kitakaze. By Fumikuni

It is going to be snowy.
The cold north wind will blow on the island.

4–3–3　火ともしに暮れば登る峯の寺　去来

Hi tomoshini, kurureba noboru, mine-no tera. By Kyorai

For maritime safety, islanders always
go up a mountain to light a candle
at the temple on the mountain top.

4–3–4　ほとゝぎす皆鳴仕舞たり　芭蕉

Hototogisu mina, nakishimaitari. By Basho

She goes to the temple to offer her earnest prayer.
It has not yet been answered even when small cuckoos
ended their song.

4–3–5　瘦骨のまだ起直る力なき　史邦

Yasebone-no, mada okinaoru, chikara naki. By Fumikuni

He got skinny.
He cannot sit up in his bed,

even now.

4-3-6　隣をかりて車引こむ　凡兆

Tonari-wo karite, kuruma hikikomu. By Boncho

He visited her to inquire after her health. But his ox carriage could not enter. So they used the gate next-door to pull it in.

(Note 8)

4-3-7　うき人を枳殼垣よりくゞらせん　芭蕉

Uki hito-wo, kikokugaki-yori, kugurasen. By Basho

Because of forbidden love, I want to shut the door
on an insensitive person tonight. He must come
through the thorny fence made of trifoliate orange.

4-3-8　いまや別の刀さし出す　去来

Imaya wakare-no, katana sashidasu. By Kyorai

Now is the time. The lovers part in the morning.
She hands over swords to him.

4-3-9　せはしげに櫛でかしらをかきちらし　凡兆

Sewashige-ni, kushi-de kashira-wo, kakichirashi. By Boncho

Hurriedly,
she is scratching her head
with a comb.

4-3-10　おもひ切たる死ぐるひ見よ　史邦

Omoi kittaru, shinigurui miyo. By Fumikuni

He decided to be killed in battle.

He will show them that he is a brave fighter.

4–3–11　青天に有明月の朝ぼらけ　去来

Seiten-ni, ariaketsuki-no, asaborake. By Kyorai

Before the final battle,

the waning moon lingers

in the blue morning sky.

4–3–12　湖水の秋の比良のはつ霜　芭蕉

Kosui-no aki-no, hira-no hatsushimo. By Basho

Autumn deepens in Biwa lake.

Mt. Hira is covered with the first frost of the season. (Note 9)

4–4–1　柴の戸や蕎麦ぬすまれて歌をよむ　史邦

Shiba-no to-ya, soba nusumarete, uta-wo yomu. By Fumikuni

A humble cottage where a hermit lives.

The buckwheat in the field was stolen.

But he does not mind; he composes a poem.

4–4–2　ぬのこ着習ふ風の夕ぐれ　凡兆

Nunoko kinarau, kaze-no yuugure. By Boncho

There is a cold wind at evening twilight time. Now is the time when he habitually puts on clothes padded with cotton.

4-4-3　押合て寝ては又立つかりまくら　芭蕉

Oshioute, netewa mata tatsu, karimakura. By Basho

Travelers sleep with their clothes on,
in the hustle and bustle at the inn.
After day breaks, they set out on a trip and get
separated again.

4-4-4　たゝらの雲のまだ赤き空　去来

Tatara-no kumo-no, mada akaki sora. By Kyorai

Just before the sun comes up,
the smokes from the stealmaker's furnace forms a cloud.
It turns red in the dawning sky.

4-4-5　一構鞦つくる窓のはな　凡兆

Hitokamae, shirigai tsukuru, mado-no hana. By Boncho

In a filthy region, they make cruppers.
Refreshing flowers by the window attract attention
as dawn breaks by and by.

4-4-6　枇杷の古葉に木芽もえたつ　史邦

Biwa-no koyou-ni, konome moetatsu. By Fumikuni

Among the loquat's old leaves,
it pushed out fresh shoots.

「鳶の羽の巻」は以上である。
次章からは『猿蓑』の解説を述べる。

3 『猿蓑』の解説、翻訳の特徴

この第３章では、筆者による翻訳の特徴を述べておく。フランス語訳、二つの英訳、ドイツ語訳との違いを明確化する。

3-1 語句の解釈に関する具体例

まず、『猿蓑』の巻頭歌仙「鳶の羽の巻」における芭蕉の句を、以下のように英訳した。反訳も記す。フランス語訳、二つの英訳、ドイツ語訳との違いにも言及する。

4-2-7 吸物は先出来されしすいぜんじ 芭蕉
Suimono-wa, mazu dekasareshi, suizenji. By Basho
A guest at the temple with the pond says,
"Good! Clear soup with Suizenji seaweed
is fine to begin with."
（反訳）池のある寺に招かれた客が（御馳走をほめて）言う /「結構 水前寺海苔をつまにした吸い物が / よく出来ております まずもって」(10)

前句を寺の庭とみて、その座敷で饗応を受けている人が、寺僧に向かって言う「ほめ言葉」を句にしている。
「出来されし」は、よく出来ましたの敬語である。他のものに箸をつける前に、まず吸い物で口をしめらせて、「いやこれは結構」と舌鼓を打っている場面である。
「すいぜんじ」は、水前寺海苔の略称で、熊本郊外の水前寺村あたりの清流に産する淡水藻の一種。水前寺以外の地方に産するものも汎称する。吸い物のつまなどに珍重される。

ルネ・シフェールによる「フランス語訳」では、以下のとおりである (11)。仏訳からの日本語訳（反訳）も付加する。

Ah le délicieux
bouillon que l'on y prépare
au Suizen-ji

（反訳）ああ　おいしい / 吸い物（人が）それをそこでつくる / 水前寺で

仏訳では、「出来されし」を、用意する、調理すると解している。「出来されし」は、よく出来ましたの敬語である。また、すいぜんじで汁を調理すると解釈している。「すいぜんじ」は、水前寺海苔の略称である。

マイナーと小田桐による「英訳」では、以下のとおりである (12)。英訳からの日本語訳（反訳）も付加する。

As petals of the lotus flowers
fall one by one in splendor
　　the soup of clear broth
is given to us best of all
　　with Suizen laver

（反訳）蓮の花の花びらが / つぎつぎと見事に落ちる / 透明なだしの汁が / 何よりもまず私たちに出される /

水前海苔とともに

マイナーと小田桐による英訳では、客の「ほめ言葉」とは解釈していない。また、「出来されし」を、出される、提供すると解している。Suizen laver という表現は、正確ではない。

Lenore Mayhew による「英訳」では、以下のとおりである (13)。
英訳からの日本語訳（反訳）も付加する。

To begin with
soup
of Suizenji seaweed.
（反訳）先ずはじめに / 汁 / 水前寺海苔の

Lenore Mayhew による英訳でも、客の「ほめ言葉」とは解釈していない。また、「出来されし」を訳していない。「出来されし」は、よく出来ましたの敬語である。「すいぜんじ」は、水前寺海苔の略称で、吸い物のつまなどに珍重される。soup of Suizenji seaweed という表現は、正確ではない。

Geza Siegfried Dombrady による「ドイツ語訳」では、以下のとおりである (14)。ドイツ語訳からの日本語訳（反訳）も付加する。

Die Tangblätter–Brühe:

wird als erstes serviert—

im Suizenji-Tempel!

（反訳）海藻の葉のスープが / 最初にだされる ── / すいぜんじ寺で！

Geza Siegfried Dombrady によるドイツ語訳でも、客の「ほめ言葉」とは解釈していない。また、「出来されし」を、出される、提供すると解している。すいぜんじ寺で食事しているという解釈も、適切ではない。

3-2 ユーモアに関する具体例

また、『猿蓑』の歌仙「灰汁桶の巻」における去来と芭蕉の連句を、以下のように英訳した(15)。反訳も記す。フランス語訳、二つの英訳、ドイツ語訳との違いにも言及する。筆者の翻訳とは、かなり異なる。

4–10–6　迎せはしき殿よりのふみ　去来

Mukae sewashiki, tono-yorino fumi. By Kyorai

During her short leave from service to take a rest,

a pressing letter

has come from her lord. She has to go back to work in a flash.

（反訳）（高貴な方の寵愛を受けている女性が気苦労を忘れるべく）休息をとるため宿下がりしている間に、殿から督促の手紙が来た。早出仕しなければならない。

4–10–7　金鍔と人によばるゝ身のやすさ　芭蕉

Kintsuba-to, hito-ni yobaruru, mi-no yasusa. By Basho

A daughter got married into the purple. Her father has gotten a new position through the influence of her husband. People named him a gold-handguard old man. He lives an easy life now.

（反訳）（みめよい）娘が高貴な家柄へと玉の輿に乗った。その父は、（なんの素姓も教養もないが）娘の夫によって取り立てられた。人々は父親に「金鍔」老人という名前をつけた。彼は今（人から羨まれるほどの）安楽な生活を送っている。

前々句における「ものおもひ」は、この前句においては、他の妾たちの嫉妬に対する苦労や心労としている。高貴な方の寵愛を受けている女性が、気苦労を忘れるべく、休息をとるため宿下がりしている状況である。

後句における「金鍔」は、黄金をちりばめた鍔。ここでは、そうした贅沢な刀をさした人物のあだ名と見ている。なんの素姓も教養もない小心者が、みめよい娘を持ったばかりに、法外な出世をした。ことわざで、不釣り合いな譬えに「小刀に金鍔」という。そのことわざによったと考えられる。

前句「迎せはしき殿よりのふみ」では、宿下がりしている娘に、御殿から早々出仕するよう督促の手紙が来た。

後句「金鍔と人によばるゝ身のやすさ」では、その娘の父親が、みめよい娘のおかげで、安楽な生活を送っているということを表している。

太平の武家社会では、槍一筋の功名出世は望みがなく、鳶が鷹を生んだ幸運の方に立身の可能性が高かった。後句には、芭蕉の皮肉な笑いが込められている。

多くの注釈では、「金鍔と呼ばれるほど羽振りの良い寵臣のところに、殿より御用のお迎えが頻繁に来る」と解している。

前句「迎せはしき殿よりのふみ」における「迎せはしき」と、後句の「身のやすさ」が、同一人物とするのは矛盾している。せわしいのは娘の方で、安楽なのは父親の方と考えるべきである。

また、芭蕉の皮肉な笑い、風刺の意味も、その解釈では成り立たない。

ルネ・シフェールによる「フランス語訳」では、以下のとおりである(16)。仏訳からの日本語訳(反訳)も付加する。

Impatient de la revoir
une lettre du seigneur
(反訳) 彼女と再会するのを待ちかねて / 殿からの手紙

Celui qui mérite
que « garde d'or » on l'appelle
est bien à son aise
(反訳) 値する人は /「金鍔」と人は呼ぶ / とても安楽であ

る

仏訳は直訳である。

前句「迎せはしき殿よりのふみ」を、「彼女と再会するのを待ちかねて / 殿からの手紙」と訳している（前句の「迎せはしき」を、「再会するのを待ちかねて」としている）。

後句「金鍔と人によばるゝ身のやすさ」は、「金鍔と人は呼ぶ。値する人はとても安楽である」と、訳している。

前句と後句における意味のつながりが、仏訳では不可解である。

マイナーと小田桐による「英訳」では、以下のとおりである(17)。英訳からの日本語訳（反訳）も付加する。

The pains of longing
are such that she wishes to forget
on a day free from service
but her return is demanded
in a love letter from her lord

（反訳）恋する気持ちの苦しさは / そのようであったから彼女は忘れることを望む / 宿下がりの日には / しかし彼女は戻るよう要求された / 彼女の殿からの恋文において

Her return is demanded
in a love letter from her lord

what complacency
there is in hearing people say
she is fortune's child

(反訳) 彼女が戻るよう要求された / 彼女の殿からの恋文において / 何という気持ちのゆとり / がある人々が言うのを聞く際に / 彼女は幸せ者であると

マイナーと小田桐による英訳では、キーワードである「金鍔」を訳していない。または、誤解している。

前句「迎せはしき殿よりのふみ」を、「彼女が戻るよう要求された / 彼女の殿からの恋文において」としている。

後句「金鍔と人によばるゝ身のやすさ」は、「何という気持ちのゆとり / がある人々が言うのを聞く際に / 彼女は幸せ者であると」と訳している。

すなわち、前句の「迎せはしき」と、この句の「身のやすさ」が、同一人物と考えている（there is in hearing における hearing の主語は、特記されていない。主語は her hearing → she hears であると、この英文からは解釈できる）。

しかし、せわしいのは娘の方で、安楽なのは父親の方と考えるべきである。

さらに、前句と後句における意味のつながりが、マイナーと小田桐による英訳でも不明確である。

Lenore Mayhew による「英訳」では、以下のとおりである (18)。

英訳からの日本語訳（反訳）も付加する。

Summoned home
by the impatient lord.
(反訳) 殿に戻された / 待ちきれない主人によって

They call me “gold knife”:
Sword
for special advisors.
(反訳) 人は私を「金のナイフ」と呼ぶ　すなわち / 刀 / 特別な相談役の

Lenore Mayhew による英訳は、大変混乱している。キーワードである「金鍔」を、誤解していると思われる。

前句「迎せはしき殿よりのふみ」を、「待ちきれない主人によって / 殿に戻された」としている。

後句「金鍔と人によばるゝ身のやすさ」は、「人は私を《金のナイフ》と呼ぶ　すなわち特別な相談役の刀」と訳している (“gold knife”: sword に、コロンが含まれるため、すなわちと言い換えていると考えられる)。しかしこの訳は、意味が理解できない。

さらに、前句と後句における意味のつながりが、Lenore Mayhew による英訳では不可解である。

Geza Siegfried Dombrady による「ドイツ語訳」では、以下のとおりである (19)。ドイツ語訳からの日本語訳（反訳）も付加する。

Drängt auf ein Wiedersehen—der Bief
ihres „Herrn“ und Gebieters . . .
（反訳）再会を迫って ── 手紙 / 彼女の「君」主からの

Alle nennen mich
„Goldblatt“—so leb’ ich
in den Tag hinein!
（反訳）皆は私を呼ぶ /「金の刃」と ── そのように私は暮らしている / のんきに漫然と！

Geza Siegfried Dombrady によるドイツ語訳は、直訳に近い。「金の刃」という訳は、正確ではない。さらに、前句と後句における意味のつながりが、分かりにくい。

3-3　古典を援用している具体例

さらに、『猿蓑』の歌仙「灰汁桶の巻」における野水の難解な句を、以下のように英訳した。反訳も記す。フランス語訳、二つの英訳、ドイツ語訳との違いにも言及する (20)。

4-11-6　何おもひ草狼のなく　野水
Nani omoi kusa, ookami-no naku. By Yasui
She is obsessed with a person whom she likes. The lonely mountain path is not frightening to her at all, even if a wolf cries. She goes there to visit him single-mindedly.
（反訳）彼女は好きな人に熱中している / さびしい山道も彼女には恐ろしくない　狼が鳴いても / 彼に会う

ため　ひたすら　そこを行く

この句は、『万葉集』の歌に拠ったことは明らかである。
「道のべの尾花が下のおもひ草今さらになに物か思はむ」（巻10–2270　作者不詳）。

歌意は、「道ばたのススキの下に生えている〈おもひ草〉のように思い詰めた自分は、今さらいかなる障害をも恐れはばかることがあろうか」である。

この句の意味は、『万葉集』の歌と同じである。
「狼」を配したのは、前句の「すさまじ」に応じた俳諧的発想である。

「おもひ草」は、古来さまざまな説がある。オミナエシ、シオン、ススキ、ツユクサ、サクラ、リンドウ、チガヤ、ナデシコなどの異名ともいう。どうやら、ススキの根に寄生するナンバンギセル（南蛮煙管）の古名らしい。後世の和歌、俳諧、俗謡などに、もっぱら恋に縁のある草として詠まれた。
「おもひ草」は秋の季語である。

この句の句法は、倒装法(21)である。

(A)　狼のなくも何かおもはむ
(B)　何かおもはむ狼のなく
(C)　何おもひ草狼のなく

本来は、(A)のかたちだった。

順序を転倒すると、(B)のようになる。

それが(C)のようになったのは、理由が二点ある。すなわち、古歌取であることを匂わせるため。また、前句の秋に引き続いて、ここも秋の季語を必要とするためである。

ルネ・シフェールによる「フランス語訳」では、以下のとおりである(22)。仏訳からの日本語訳（反訳）も付加する。

Herbe de quel souvenir
hurlement des loups
(反訳) 草　それのことを思い出す / 狼たちの叫び声

仏訳は、簡潔である。この句が『万葉集』の歌に依拠していることは、理解されていないと思われる。

マイナーと小田桐による「英訳」では、以下のとおりである(23)。英訳からの日本語訳（反訳）も付加する。

Utterly useless
her vaunted female wisdom
also ends in nothing
what feelings stir the wanton-flowers
as the wolf cries out for his mate
(反訳) 全く無意味である / 彼女が自慢する女性の知恵は / また無に帰する / みだらな花は　どんな感情を起こさせるのか / 狼が　つがいを求めて大声で鳴く

とき

マイナーと小田桐による英訳でも、この句が『万葉集』の歌に依拠していることは理解されていない。

Lenore Mayhew による「英訳」では、以下のとおりである (24)。
英訳からの日本語訳（反訳）も付加する。

Bellflower love-potion
and the wolves howl.
（反訳）ホタルブクロ　ほれ薬 / そして狼たちが遠吠えする

Lenore Mayhew による英訳でも、この句が『万葉集』の歌に依拠していることは、理解されていないと思われる。

Geza Siegfried Dombrady による「ドイツ語訳」では、以下のとおりである (25)。ドイツ語訳からの日本語訳（反訳）も付加する。

Was nützt da schon ein Liebeskraut,
wenn böse Wölfe heulen . . . ?
（反訳）何の役に立つだろうか　いったいそういう時に愛の草は / 悪い狼たちが遠吠えするとき……？

Geza Siegfried Dombradyによるドイツ語訳でも、この句が『万葉集』の歌に依拠していることは理解されていない。

この第3章では、筆者による翻訳の特徴を述べた。フランス語訳、二つの英訳、ドイツ語訳との違いを明確化した。

4　筆者の『猿蓑』に関する研究のまとめ

最後に、今までの筆者による研究をまとめておく。
以下のように、『猿蓑』の特徴をまとめることができる。

(A)　『冬の日』は、古典の援用・面影付け・風景の話題が多い。重厚な文体が目につく。貞門俳諧の影響も受けつつ、芭蕉一門の独自性という萌芽が見られる作品と考えられる。

(B)　それに対して『炭俵』は、古典の援用が少なく、面影付けがない。日常生活の話題が多い。ユーモアが、有意に多い。あっさりとした文体が目立つ。美的センスが光彩を放っている。内容・形式両面において日常性に重点を置いた「軽み」を追求した作品と言えるだろう。

(C)　『猿蓑』においては、古典の援用・面影付けが、見られる。日本の古典が、圧倒的に多い。ユーモアが比較的に多い。文体は、バランス感覚を感じさせる。均衡美に優れている。俳諧七部集においては中期の作品である『猿蓑』は、初期に詠まれた『冬の日』と晩年に刊行された『炭俵』の中間にあって、中庸・バランス感覚に優れた作品と言える。

『猿蓑』に関して、『冬の日』・『炭俵』との共通点・相違点を整理した。「作品論」という視点から筆者の研究をまとめると、以上のようになる。

なお筆者は、400字詰め原稿用紙に換算して、50枚以内に論文をまとめるようにしている。そのため、この論文では、字数の関係で、『猿蓑』「鳶の羽の巻」に収録されている連句のみ、英訳を掲載した。他の巻に含まれている連句に関しては、また別の機会に英訳を公表したいと考えている。

今後は、『日本文学を通した文化研究の試み』について、本をまとめたいと考えている。

〈注〉(Notes)

注3～注9は、日本の「風俗習慣」・「古典の援用」などに関して英語で解説した。

(1) 以下の文献を参照。
伊藤和光「芭蕉連句の英語訳と解説(1)— 俳諧七部集『炭俵』について —」(伊藤和光『芭蕉連句の英訳と統計学的研究』に収録)
伊藤和光「芭蕉連句の英語訳と解説(2)— 俳諧七部集『冬の日』について —」(伊藤和光『芭蕉連句の英訳と統計学的研究』に収録)

⑵　以下の文献を参照。

（仏訳）René Sieffert (tr.), Le Manteau de pluie du Singe (Publications orientalists de France 1986)

（英訳）Earl Miner and Hiroko Odagiri (tr.), The monkey's straw rain coat : and other poetry of the Basho school (Princeton library of Asian translations) (Princeton University Press 1981)

（英訳）Lenore Mayhew (tr.), Monkey's raincoat : linked poetry of the Basho school with Haiku selections (Tuttle 1985)

（独訳）Geza Siegfried Dombrady (tr.), Sarumino = Das Affenmäntelchen (Dieterich'sche Verlagsbuchhandlung 1994)

（Note 3）This poem is recommended in Basho's famous *hokku*, which is at the beginning of the book:「初しぐれ猿も小蓑をほしげ也」.

The monkey usually jumps from one tree to another, but today, when the first winter rain falls, he is crouching on top of a tree, shivering. He seems to want a straw raincoat.

The poem is an adaptation of the *hokku* that gave the book its name: "*The monkey's straw raincoat.*"

（伊藤正雄『俳諧七部集　芭蕉連句全解』〈河出書房新社、1976年〉231－232頁など参照）

（Note 4）This poem is based on the story told in Yoshida Kenko's *Essays in Idleness*（『徒然草』十一段）.

"In September we passed through Kurusuno. In a mountain village near there, we found a hermitage, after making our way along a long mossy path. It had a tasteful appearance. A horizontal gutter close to the ground was covered with leaves. Drops were trickling down there intermittently. Apart from that, nothing made a sound. Chrysanthemums and maples were snapped off and put together on the holy water rack. It revealed to us that someone lived there, even in this desolate place. I was amazed at the peculiarity of the atmosphere the inhabitant had created there. In the garden, there was a small mandarin orange tree. The branches were bent low with fruit, but the tree was fenced off thoroughly, for fear that the fruit might be stolen. The sight destroyed my admiration for the inhabitant in an instant. 'It sure would be nice if there were no tree,' I thought at the time."

The poem is a small-scale modification of the story excerpted above. The main point is that a stingy, unsociable person does not share his pears with his neighbors.

（同書234－235頁、Wikipediaなど参照）

（Note 5）The word "*meriyasu*" meant "knitted socks" in Basho's time. Originally it was "*meias*" in Portuguese and "*medias*" in Spanish. The socks are elastic and comfortable. They have been imported since the beginning of Edo period. In the poem, the rich painter has had his knitted socks made in the Netherland. It is really interesting.

（同書235－236頁、Wikipediaなど参照）

（Note 6）In this poem, a banquet is held in the parlor of a temple. The couplet describes praise for a priest. This is a very novel idea. We may safely say that Basho came up with an excellent idea.

Incidentally, Suizenji is the name of place in Kumamoto. The word "*suizenji*" refers to Suizenji seaweed, which is used to garnish clear soup, salad, and other dishes.（同書238－239頁など参照）

（Note 7）Rodou（？－835、盧同、盧仝）is the first name of a poet from the late Tang era, whose last name is unknown. His art name was 玉川子.

The following is an excerpt from the famous book『古文真宝前集』: "His male servant grew a beard. He did not wear headgear. He went to and from the house of Han Yu（韓愈）two times faithfully." Educated people in the Edo period read the book without exception.

The book probably inspired Fumikuni to write this poem.
It is important to note that servants could change their master two times a year in the Edo period. "*Inari*"（居なり）means to refrain from changing one's master for the time being.
In the poem, Fumikuni retells a story from the late Tang era. His version is adapted from the original story and is described as an event occurring in the Edo period. It is really interesting.（同書239－240頁、Wikipediaなど参照）

（Note 8）This poem is partially based on *The Tale of Genji*（『源氏物語』夕顔の巻）. Genji, in his youth, visited a nun who used to be his wet nurse in his childhood, but his ox carriage could not enter the place. He waited for a while, and he remembered that a young woman lived next door. *Yugao*, or bottle gourd, was in bloom there. After that, he fell in love with her in the volume "Yugao".
（同書243－245頁、Wikipediaなど参照）

（Note 9）Mt. Hira is located on the west coast of Biwa lake.
（Wikipediaなど参照）

⑽　伊藤正雄　前掲書　238－239頁など参照。
⑾　René Sieffert, ibid., p.137
⑿　Earl Miner and Hiroko Odagiri, ibid., p. 237
⒀　Lenore Mayhew, ibid., p. 69
⒁　Geza Siegfried Dombrady, ibid., p. 141

⒂　伊藤正雄　前掲書　277－278頁など参照。
⒃　René Sieffert, ibid., p.157
⒄　Earl Miner and Hiroko Odagiri, ibid., p. 275
⒅　Lenore Mayhew, ibid., pp. 95–97

⒆ Geza Siegfried Dombrady, ibid., p. 113

⒇ 伊藤正雄　前掲書　283－284頁など参照。

(21) 久保忠夫「芭蕉の発句と倒装法」(『連歌俳諧研究』1956巻12号、1956年）61－68頁を参照。

(22) René Sieffert, ibid., p.161

(23) Earl Miner and Hiroko Odagiri, ibid., p. 279

(24) Lenore Mayhew, ibid., p. 99

(25) Geza Siegfried Dombrady, ibid., p. 121

伊藤　和光（いとう　かずみつ）

1995年　東京大学医学部卒業
2022年　放送大学大学院修士課程修了（日本文学専攻）
著書に『日本文学の統計データ分析』（東京図書出版）、『*Basho's Linked Verse: A Complete Translation of the 576 Poems in 16 Volumes*　芭蕉連句の全訳：16巻576句の英訳および解説と注釈』（近刊）など。

芭蕉連句の英訳と統計学的研究

English translation of Basho's linked verse, and comments from the viewpoint of statistics

2024年６月６日　初版第１刷発行

著　　者　伊藤和光
発 行 者　中田典昭
発 行 所　東京図書出版
発行発売　株式会社 リフレ出版
〒112-0001　東京都文京区白山 5-4-1-2F
電話 (03)6772-7906　FAX 0120-41-8080
印　　刷　株式会社 ブレイン

ISBN978-4-86641-762-2 C0095
Printed in Japan 2024